KB115060

힙한 어른들의
갓생 일기

힙한 어른들의 갓생 일기

발 행 | 2023-4-8

저 자 | 김금희, 마광오, 변은혜, 안지원, 방옥희, 진지영

펴낸이 | 변은혜

펴낸곳 | 책마음

출판사등록 | 2023.01.04 (제 2023-1호)

주 소 | 원주시 서원대로 427, 203-1401

전 화 | 010-2368-5823

이메일 | book_maum@naver.com

ISBN | 979-11-981676-2-0 03810

값 15,000원

힙한 어른들의
갓생 일기

김금희
마광오
변은혜
안지원
양옥희
전지영

책마음

목차

1부
갓생과 미생 그 어디 사이

2부
어느 어른의 갓생 이야기

프롤로그

작더라도 꾸준히 의미 있게

'갓생'은 신을 의미하는 영어 '갓(god)'과 인생이란 뜻의 한자 '생(生)'의 합성어로, 작더라도 매일을 부지런하게 의미 있게 살아가는 삶을 뜻하는 신조어입니다.

이들은 거대한 목표와 큰 성취보다는 작은 일이라도 꾸준히 실천하며 성취감을 느낄 수 있는 것을 목표로 살아갑니다. 온라인 강의와 같은 생산적인 배움에서부터 아주 작고 소소한 도전인 물 마시기 챌린지까지 그 범위는 다양한데요. 취미활동, 생산적인 경험, 습관 형성과 자기 관리를 도와주는 앱, 온라인 클래스 등이 인기입니다. 각종 sns에 꾸준한 기록도 이 중 하나입니다. 이들은 '기록이 쌓이면 스토리가 된다.' '기록이 쌓이면 브랜드가 된다.'는 것을 믿고 꾸준히 실천합니다.

특히 MZ세대(1980년대~2000년대 출생)가 '갓생' 살기에 푹 빠져 있습니다. 한림대 사회학과 김미영 교수는 MZ 세대의 특성에 대해 "구조적으로 2030세대가 경제적·사회적 성공을 이루기가 갈수록 어려워지고 있어 일상의 작은 노력으로 소소하게 성취감을 얻을 수 있는 방식들을 택하는 것"이라며 "지속적으로 SNS에 업로드하면서 스스로를 다잡기도 하고, 성실하고 알찬 삶을 살아가는 자기 자신을 남들에게 드러내기도 한다."고 해석했습니다.

갓생으로 살 수밖에 없는 사회적 배경에 마음이 씁쓸하기도 하지만, 스스로 자신을 챙길 줄 아는 작고 소소한 일상의 활동들, 그렇게 쌓아간 매일의 시간들은 무너지지 않고 오히려 더 힘차게 나아갈 수 있는 작은 디딤돌이 되어줄 것입니다.

디지털 기술의 발달로 많은 이들이 연결되어 있습니다. 이제 MZ 세대에 해당하는 30~40대 초반이 아니더라도, 자녀들이 훌쩍 커버려 더 많은 시간적 자유를 확보한 50대도, 은퇴했지만 여전히 활력을 유지하고 있는 60대도 SNS 세상을 유영하고, 웹3.0 세상을 활보하고 있습니다. 그렇게 매일을 축적해 가며 쌓여진 힘은 누군가에게 또 다른 나눔과 기여로 이어질 것입니다.

30대부터 60대까지, 삶과 일의 의미를 찾고, 탄탄히 만들어가는 어느 어른들의 갓생 이야기를 통해 여러분들도 자신의 삶과 시간이 소중함을 다시 한번 확인하는 시간이 되시길 바랍니다.

엮은이 변은혜

작가소개

김금희 작가 인스타 @imheni777

한국과 중국의 정체성 사이에서 늘 방황하였던 갓생 사는 사람이다. 치열한 삶의 수많은 갈림길 앞에서 느꼈던 감정과 극복해나간 과정 '마인드'를 공유하여 사람들에게 동기부여하며 선한 영향력을 펼치고 싶다. 현재는 의류도매업체를 운영하며 뷰티인플루언서를 겸업하고 있다. 최근에는 또 다른 타이틀 베스트셀러 작가를 꿈꾸며 새로운 도전을 해 나가는 중이다.

마광오 작가 인스타 @holiday_soda

장편 소설을 출간하고 싶은 꿈을 가진 평범한 직장인. 홀리데이소다라는 닉네임으로 홍길동처럼 여러 커뮤니티에 나타나 다양한 일을 하며 얇지만 넓은 분야의 다양한 지식을 가지고 도움이 필요한 이를 돕는 Web3.0 계의 순돌이아빠다.

변은혜 작가 인스타 @book.maum

책을 읽고 쓰고 만들며, 독서와 글쓰기의 기쁨을 나누고 있다. 모든 사람 안에 이야기가 있음을 주목하며, 그것을 글로 풀어내는 과정을 도와주고 있다. 글쓰기를 통해 자신의 삶을 긍정하며 자신만의 유일한 가치를 나누는 보통 사람의 책쓰기를 전파하고 있다. 현재 책마음 독서와 글쓰기 커뮤니티를 운영하며, 작가로 1인 출판인으로 하루를 꽉 채우며 살고 있다.

안지원 작가 인스타 @dreambig_audrey

매일 성장하며 끊임없이 성취하고 싶은 열정의 아이콘. 내면에서 뿜어져 나오는 열정이 자신도 감당 안 되는 뜨거운 사람. 하고 싶은 것도 많고 잘하는 것도 많은 다능인으로, 대충 보면 평범하지만, 자세히 보면 비범한 대한민국 워킹맘이다. 현재 영어 교습소를 운영하며 교육사업가로 성장하고 있다.

양옥희 작가 인스타 @okimiracle2530

젊은 날에 광고 대행사를 운영했었다. 그 시절에 알지 못했던 생각과 지혜를 내 자녀들은 조금이나 알고 살아갔으면 하는 마음을 담아 매일 짧은 글을 쓰고 있다. 지금은 손자를 육아하며 인스타 활동과 NFT, 제페토, 챗GPT 등 다양한 커뮤니티와 웹 3.0 세계를 즐기는 67세 갓생이다.

전지영 작가 @artchunji

꿈을 그리는 사람. 미대 졸업 후 7년간 문화예술계의 직장 생활 끝에 진정한 나를 찾는 여행을 시작했다. 내 인생의 나침반 찾는 과정을 나누며 사람들에게 선한 영향력을 주고 싶다. 나를 만나는 모든 사람이 헤어질 때는 더 행복해지기를 바란다. 현재 틱톡에서 배네타 소속 크리에이터로 활동하고 있다.

공부는
나에게 더 넓은 세상을 보여주었고,
새로운 길로 안내했다.

1부

갓생과 미생 그 어디 사이

시련은 인생의 마중물 같은 것

오늘도 어김없이 만 보 걷기하고 귀가했다. 밤 열 한시가 넘는 시간인데도 호수공원은 산책하는 사람들로 가득하다. 광교호수공원의 야경은 정말 황홀할 정도로 아름답다. 무지개색을 방불케 하며 수시로 색상이 변하는 산책로는 정말 꽃길만 걷게 해 줄 것 같다. 그래서인지 집에서 차로 20분 정도 움직여야 하는 거리지만 무리한 스케줄이 없는 날에는 꼭 호수공원을 찾는다. 만 보 걷기는 삼 년 전에 시작했는데 나름 평탄했던 삶을 하루아침에 바닥으로 추락시킨 시련에 맞서기 위해서 시작한 나 스스로 내린 처방이랄까? 처음에는 약해질 대로 약해진 건강 때문에 2,000보도 걷기 힘들었다. 그런데 꾸준히 걷다 보니 만 보, 2만 보, 3만 보는 이제 우스워진다. 그 우스

워짐이 결국 습관이 되어 내 몸과 마음을 일으켜줬다.

오늘 보니 겨우내 꽁꽁 얼었던 호숫물도 녹아서 잔잔하고 평온하게 일렁인다. 바람이 불 때마다 물고기 비린내가 코를 찌르는데 나는 그 냄새 때문에 생선을 잘 못 먹지만 이 자연다운 향기가 갑자기 너무 소중하고 반갑다. 예전에도 자연의 향기는 수도 없이 접했을 텐데 그때는 마음의 여유가 없으니 그 소중함을 느끼지 못했던 거 같다. 그렇다. 인간의 심리는 정말 간사하다. 추운 겨울이 그렇게도 지겹고 싫었는데 슬슬 봄이 다가오자 또 추웠던 그 겨울이 그립다.

좋든 나쁘든 있을 때는 그 소중함을 모르다가 사라지면 그때야 그 소중함을 알게 되는 것 같다. 세상의 좋은 일은 꼭 좋은 일만은 아니고 나쁜 일도 꼭 나쁜 일만은 아니라는 것을 요즘 들어 부쩍 실감한다. "버티면 이 또한 다 지나가리라."라는 옛 성인들의 말이 하나도 틀린 것이 없다.

씻고 자려고 누웠는데 창문으로 달빛이 파고들길래 창문을 열고 하늘을 쳐다보는데, 하늘에 계신 엄마가 나한테 말을 건네시는 듯하다. "잘 지내고 있지? 이쁜 우리 딸" 그러고 보니 나한테 잘 지냈는지 물어봐 주는 사람이 없었던 거 같다. 갑자기 눈물이 왈칵 쏟아졌다. 힘들면 힘들다, 기쁘면 기쁘다, 슬프면 슬프다 티를 안 냈으니 가족은 물론 주변 사람들도 나의 상태가 어땠는지 모르는 건 당연했으니 말이다. '주변에 부정 에너지를 주면 안 된다.' '늘 밝아야 한다'는 강박관념 때문에 어쩌면 힘들다는 표현은 나답지 못하다고 늘 생각했었다.

나의 어린 시절은 경제적으로는 가난해도 엄마, 아빠의 사랑을 듬뿍 받으며 나름 행복하게 '마음 부자'의 삶을 살았다. '나는 가난하지만 행복하다.' 이런 마인드를 어린 마음에도 계속 되뇌며 살았다. 청결하고 깔끔하게 하고 다녔다. 중학교 때까지만 해도 우리 집이 부자인 줄 알았다고 친구들이 말해줬다. 하지만 학교 등록금을 늘 마지막에 냈던 아이는 나밖에 없었을 정도로 우리 집은 가난했다. 고등학교 2학년 때인가 도저히 등록금을 낼 상황이 안 되자 반장이 이를 눈치채고 모금해서 나한테 등록금을 내주려고 했다. 물론 못난 자존심에 사양했지만, 어린 마음에도 친구들 마음이 정말 고마워서 커서 꼭 큰 사람이 돼서 나처럼 어려운 아이들을 돕겠다고 마음먹었다. 지금 생각해 보니 그때의 상황이 지금 나의 가치관 형성에 큰 영향을 미쳤던 것 같다.

엄마는 부지런하고 억척스러운 분이셨고 아빠는 음악 선생님이셨다. 동네에서는 다 아실 정도로 점잖고 잘생긴 음악 천재셨다. 독학으로 모든 악기를 섭렵하셨으니 말이다. 하지만 예술인은 예나 지금이나 늘 안정적이지 못하고 배고픈 직업이었다. 다섯 살 때 즈음 기억이 생생한데 그때는 아빠가 공연하러 다니시고 나를 돌봐줄 사람이 없으니 늘 데리고 다니셨다. 나는 아빠가 공연하는 동안은 늘 트럭 안에서 공연하는 아빠를 기다리며 잠들었다 깼다를 반복했다. 그렇게 선비처럼 고상한 일을 하시던 아빠가 내가 태어나면서 음악 일을 그만두시고 귀농했다. 나한테 원래 언니 오빠가 있었다고 하는데 세상 빛을 보지 못하고 하늘나라로 갔다고 한다. 내가 태어날 때도 엄마는 임신중독증 때문에 위험을 감수하시며 나를 낳았다고 한다. 어렵게 얻은 늦둥이라 나에 대한 부모님의 사랑은 각별하셨다. 나를 더 밀착해서 잘 돌보기 위해 귀농을 선택하신 아빠는 힘드신지 엄마랑 자주 다투셨다. 특히 애주가이신 아빠는 술 드신 날에는 모든 분풀이를 엄마한테 하셨다.

엄마는 원래 살림을 하셔야 하는데 늘 술 마시고 주사 부리시는 아빠의 비위를 맞추느라 생계를 위한 일을 서슴없이 짊어지셨다. 엄마의 부재로 엉망이 된 살림은 나와 동생 몫이었다. 나와 동생은 어릴 때부터 밥도 하고 청소도 하면서 그렇게 유년 시절을 보냈다. 내 의도와 상관없이 반강제로 요리를 어깨너머로 배웠다. 엄마도 힘드시니까 우리한테 농사일도 시키셨다. 나와 동생은 어린 마음에 놀고 싶어서 가끔 말을 안 듣고 일하기 싫다고 하면 나와 동생을 많이 혼내셨다. 엄마가 되고 나서 생각해 보니 그 분풀이는 아빠한테 한 거였다. 어릴 때는 경제적으로 넉넉하고 집안일도 안 해도 되는 다른 집 아이들이 진심 부러웠다.

엄마는 나와 동생이 반듯하지 못한 행동이나 옷차림하고 다니면 회초리도 서슴없이 들 정도로 자식 교육에 대해서는 엄하신 분이셨지만 늘 "우리 딸 최고"라고 해주시고 자존감에 금이 가는 말은 단 한 번도 한 적이 없으셨다. 지금의 건강한 내가 있기까지 전부 부모님의 사랑 덕분이다. 그렇게 다사다난한 유년 시절을 뒤로하고 동네에서 여학생 최초로 대학도 가고 스펙도 쌓고 한때는 돈도 많이 벌어봤다. 사랑하는 사람이랑 행복하게 결혼도 했다.

그런데 어느 날 찾아온 아들의 청천벽력 병명 진단으로 인한 치료비용, 이어진 친정엄마의 뇌경색 투병 생활로 인해 경제 상황이 점점 악화되었다. 간병인을 쓸 여유가 안 되니 정말 큰 꿈을 꾸고 차렸던 의류사무실마저 정리하고 엄마의 병간호에 집중했다. 경제적인 부분을 형제가 부담하면 조금 숨이 텄을지도 모르지만, 동생이 경제적 사정이 안 되니 맏이인 내가 혼자서 부담해야 해서 너무 벅찼다.

간절한 마음으로 기도하면서 나름 최선을 다했지만 결국 엄마는 1년간 두병 생활하시다 돌아가시고 아빠는 홀로 중국에 남으셨다. 한국 집으로 모시려 했는데 아빠가 고집부리셔서 중국집에 홀로 남으셨다. 가끔 국제전화로 아빠랑 전화 통화도 하며 안부를 묻는다. 건강하셨는데 어느 여름날 아빠는 집에서 낮잠을 주무시다 급성심장마비로 사망하셨다. 동네 자원봉사자분들께 삼일만에 변사체로 발견이 되었다. 아빠를 발견했을 당시 한 여름이라 시체가 이미 많이 훼손된 상태였다고 한다. 너무 마음이 아프고 죄송해서 자리에 주저앉아 펑펑 울었다. 자식이 버젓이 살아있는데 아빠를 그렇게 떠나보내야 한 것은 평생 지울 수 없는 마음의 죄책감으로 남아있다.

나의 눈앞에서 평온하게 눈을 감던 엄마의 모습도 오랜 시간이 흘러도 아직도 생생하다. 엄마가 저녁 식사를 하시기 전에 꼭 혈압을 재 드리고 콧줄 음식을 대접했었다. 뇌경색으로 쓰러지셔서 입으로 식사를 할 수 없는 상황이셨다. 그런데 그날은 혈압이 잡히지 않아 배터리가 없나보다 하고 계속 혈압계 배터리를 교체하는데도 혈압이 잡히지 않았다. 그제야 이상한 생각이 들어서 엠블런스를 불렀는데 의료진이 오셔서 이것저것 분주히 검사해보시더니 이미 돌아가셨다고 하셨다. 엄마의 몸은 따뜻했다. 돌아가셨다고 믿고 싶지 않았다. 눈도 뜨고 계셨다. 자식이 걱정돼서 돌아가실 때까지 눈을 감지 못하셨나 보다. 직접 손으로 천천히 엄마 눈을 감겨드렸다.

나는 삼십 대까지도 죽은 사람을 본 적이 단 한 번도 없었다. 막연하게 죽은 사람이 내 앞에 있으면 무서울 줄 알았는데 엄마여서인지 하나도 안 무서웠다. TV에서 봐오던 시체를 끌어안고 오열하는 모습 그거 다 거짓말인 듯 싶었다. 눈물도 안 났다. 사람이 너무 슬프면 눈물도 안 난다는 어른들의 말을 나는 그때 체감했다. 지금도 인생에서 가장 힘들었던 순간을 꼽으라면 부모님의 사망 장면이다. 주홍 글씨처럼 새겨져서 지금도 가끔 떠올라 나를 괴롭힌다. 어느 순간 어버이날은 내가 가장 싫어하는 명절이 되었다. 그날이 되면 부모님 기억이 떠올라서 너무 힘들다.

이 모든 일이 정확히 일 년 사이에 일어난 일이었다. 유일한 나의 편, 친정의 부재로 인해 마음의 병이 찾아왔다. 어려운 경제 사정을 모면해보려고 나름 믿음직하다고 생각했던 사람에게 돈을 빌리려고 했는데 역으로 사기까지 당했다. 나의 신상정보가 나도 모르는 사이에 범죄에 악용되어 나는 피의자 누명을 쓰고 재판까지 받게 되었다. 그 법정 싸움이 이 년 끝에 무혐의로 마침표를 찍었지만, 나의 순수한 마음이 이용되었다는 배신감 때문에 세상에 대해 회의감이 들어 숨을 쉴 수 없었다. 연이어 예고 없이 찾아온 충격과 함께 일 특성상 밤낮이 바뀌는 의류 도매일을 하면서 정신적으로, 신체적으로도 많이 지쳐있고 무너져있었다.

벗어나고 싶었지만 그럴수록 겹겹이 뒤엉킨 실타래에 묶여서 꼼짝달싹 못 했다. 발만 동동 구르는 사이에 고통은 더 꽉 조여오고 실마리는 어느 깊숙한 곳에 영영 묻혀버리고 마는 느낌이었다. 이대로는 살 수가 없었다. 창문만 보이면 뛰어내리고 싶을 정도로 마음의 병이 심각했다. 예전의 나는 사람을 좋아하고 성격이 활달한 아이였는데 사람을 만나면 멀미 난 것처럼 속이 울렁거리고 대인기피증까지 생겼다.

다행히 살고자 하는 본능은 손을 뻗어 무엇이든 잡아보려 한다. 그 동아줄이 글이든 음악이든 운동이든 잘하는 건 아니지만 어느 하나라도 걸려서 나 좀 구해주십사 하는 마음이 컸다. 평생 40킬로대 몸무게를 유지하던 날씬한 내 몸은 짐볼처럼 불어나고 굴러다닐 지경이다. 이대로서는 도저히 안 되겠다 싶어서 책을 읽으며 자아 성찰을 시작했다. 매정한 현실 속에서 나약해지고 부족해진 나 자신을 그대로 받아들이기로 했다. 부모님과 사랑하는 가족을 위하여 다시 일어나기로 다짐하며, SNS 계정을 만들고 자기 계발을 시작했다.

평생 가족을 위해 희생하셨지만 일상을 많이 함께하지 못했던 부모님에 대한 미안함, 그래도 엄마의 마지막은 함께 해드렸다는 나에 대한 위안, 한 줄기의 자존심, 천국에 계신 엄마, 아빠가 속상하지 않으시게 더 열심히 살고 자랑스러운 딸이 되어야겠다는 의지, 이러한 복합적인 감정들이 나를 다시 살게 해준 유일한 동아줄이었는지 모르겠다.

김금희의 글

"큰 뜻을 이루기 전에는 하늘은 반드시 시련을 내리는 것 같다. 하늘이 큰 시련을 내릴 때는 당신이 이루고자 하는 큰 뜻을 더욱 단단하게 하기 위함을 꼭 명심하고 꿋꿋이 앞으로 나아가시길 바란다. 지극정성이 하늘에 닿으면 반드시 다시 자신에게 돌아온다는 사실을 명심하시길 바란다."

-《절제의 성공학》(바람. 2013)

하늘은 스스로 돕는 자를 돕는다

나는 20대 후반에 잠깐이지만 25명의 직원을 두고 컴퓨터 관련 자그마한 회사를 운영했었다. 중국 칭다오에서 회사원 생활을 하면서 인연이 된 한국의 모 출판업체와 연락이 닿아서 차린 회사였다. 대학을 졸업하고 나의 첫 창업이었다. 하는 일은 출간 예정인 한국 도서들을 pdf 파일형태로 받아서 타이핑하고 ms 워드나 한글 프로그램으로 교정 교열을 보는 일이었다. 수동으로 해야 하므로 타이핑도 빨라야 하고 오피스 프로그램도 어느 정도 다룰 줄 알아야 하는 작업이다. 그렇게 나는 다른 사람들보다 조금 빨리 컴퓨터에 눈을 떴다.

컴퓨터 관련 일을 했지만, SNS는 가상공간이고 현실과 괴리감이 있고 진실하지 못하다는 선입견을 늘 품고 있었다.

일 특성상 컴퓨터와 가까이해야 해서 가족들은 내가 늘 SNS를 좋아한다고 생각해서 걱정하셨다. 사실 진심은 그게 아니었는데 말이다. 그러던 내가 마음의 병 대인기피증이 생기니 현실 세계에서 사람 만나기가 두려워졌다. 지옥 같은 현실에서 벗어나고 싶은 간절한 마음 때문일까? SNS에 대한 생각이 바뀌였다. 비대면으로 소통하니 괜찮겠다는 생각이 들었다. 그렇게 매일 머리는 산발이고 초점이 흐려진 눈으로 생각 없이 핸드폰 붙들고 여기저기 뒤적였다.

솔직히 어디서부터 뭘 해야 할지, 막연하게 누군가를 붙잡고 하소연하고 위로받고 싶은 마음이 한구석에 있었을지도 모르겠다. 그렇게 sns를 보다 보니 다른 사람들은 모두 나보다 즐겁고 행복해하는 것 같고 나만 불행한 것 같고 좌절감이 더 엄습해왔다. 여기도 내 길이 아닌가 보다 하고 SNS 계정을 삭제하려는 어느 날 아침, 60대 할머니가 아주 평온한 모습으로 책을 읽으시고 운동하는 일상을 기록한 영상이 인스타 첫 화면에 떴다. 자막에 60대라고 적지 않으셨으면 진짜 믿기 힘든 40대 같은 아름나운 모습이었다. 같은 여자가 봐도 정말 아름답고 여유 있고 매력이 넘치셨다. 내가 동경하던 모습과 일치한 아우라를 가지신 분이셨다.

나도 모르게 자석처럼 이끌려 글 내용을 단숨에 읽었다. 리그램 한 피드였는데 계정을 클릭해서 접속하니 한 곳으로 연결되었다. 켈리 최 회장님 피드였다. 여기저기서 사람들이 분주히 움직이는데 뭘 하나 봤더니 독서도 하고 운동도 하고 재미있게 소통하는 모습이 눈에 보였다. 아~! 혼자가 아니라 같이 할 수도 있는 거구나! 60대 할머니도 이렇게 활기차게 생활하시는데 이제 사십이 좀 넘은 나는 뭐 하고 있는가? 순간 부끄러움이 밀려왔다.

파도 타고 들어간 피드는 파리에서 성공하신 한국인 사업가 켈리 최 회장님이 주최하시는 프로젝트모임이었다. 시련이 닥치기 전에는 나도 열심히 살았던 만큼 의류 사업이 승승장구 때는 다른 사람이 3개월에 벌 수 있는 돈을 하루에 벌어본 적도 있고 양가 부모님 도움 없이 반지하 월세방에서 내 집 마련의 꿈까지 이루었다. 작은 성장의 기쁨을 누리는 날을 지나오면서 언젠가는 나도 나만의 브랜드를 만들어서 프랜차이즈 업체를 만들고 많은 사람에게 일자리 창출 기회도 주고 나의 중국 생활의 커리어를 살려 글로벌진출도 해보고 싶다는 큰 꿈을 늘 품고 있었다. 그래서 켈리 최 회장님의 피드는 여느 성공한 사람들의 이야기보다 남다르게 다가왔다.

그래서 참여한 것이 3년 가까이 이어온 '좋은 습관 만들기'라는 켈리 최 회장님의 끈기 프로젝트 운동 편, 독서 편이었다. 학창 시절에는 나름 글짓기 대회 수상도 여러 번 하고 독서도 좋아하고 열심히 했었는데 결혼 후 살림에, 육아에, 일에 치여 책과는 담을 쌓고 살았다. 그런 내 손에 들어온 첫 책이 "파리에서 도시락 파는 여자"라는 켈리 최 회장님이 쓰신 책과 회장님이 60번을 읽으셨다는 '생각하면 뭐든지 이루어준다.'는 '더 시크릿'이란 책이었다. 켈리 최 회장님도 큰 역경을 마주했을 때 엄마를 위해서 살기로 마음먹었다는 글 내용에 나도 엄마, 아빠에게 더 자랑스러운 딸이 되기 위해서 더 열심히 살아야겠다고 결심했던 시점이라 '이건 나를 위한 맞춤형 동기부여 책이야.'라고 생각하며 가슴이 뛰었다.

단숨에 읽어 내려갔다. 이렇게 크게 성공하신 분이 엄마 때문에 살아내셨다는 내용과 경제적으로 크게 추락했었다가 생각 전환으로 재기하는 내용에 동기부여를 듬뿍 받으며 그때부터 '나도 할 수 있다'.는 희망의 씨앗이 마음속에서 싹트기 시작했다. 켈리 최 회장님을 무작정 따라 하면 나도 그렇게 될 수 있을 것만 같았다. 켈리최회장님이 주관하시는 프로젝트에 전부 참여하고 소위 말하는 켈리 최 회장님의 팬 활동이 시작되었다. 이 팬 활동이 나를 다시 날아오르게 하는 출발점이 되었다.

가장 기본이 된다는 건강부터 되찾아야겠다는 마음에 헬스장 PT를 등록했다. 살아야겠다고 생각했기에 고액의 수강료였지만 지불했다. 하루 이틀 다니고 나니 힘들었다. 안 쓰던 근육을 쓰니 근육통이 오고 눈앞에서 별이 반짝이고 그만두고 싶었다. 없는 살림에 투자한 돈이 아까워서 어떻게든 버티다 보니 7일이 지났다. 7일이 지나니 근육통이 사라지고 몸이 가벼워지면서 입맛이 당겼다. PT 선생님은 "회원님은 기초대사량이 현저히 낮아서 살을 빼시려면 잘 드셔야 합니다."라고 식단의 중요성을 강조하셨는데 장기간 밤낮이 바뀐 생활방식, 끼니를 거르는 안 좋은 식습관 때문에 위가 다 줄어들어서 많이 먹을 수가 없었다. 남들은 식단 조절이 힘들어서 다이어트가 힘들다는데 나는 먹는 게 힘들어서 다이어트가 힘들었다. 단백질 수치가 높아야 근육을 만들고 지방을 태운다는데 워낙 채식주의 성향이라 단백질을 과하게 먹으면 소화가 잘 안 되었다. 그때부터 2년 동안 대장정의 식단관리도 시작했다.

어릴 때 가정환경에 떠밀려 반강제로 익혀두었던 요리 솜씨와 아빠의 예술적 DNS를 물려받은 작은 미적 감각이 빛을 발하는 순간이 왔다. 식단을 만들어서 먹는 데 그치지 않고 SNS에 이쁘게 찍어서 올렸더니 사람들이 댓글을 달아주고 이쁘다고, 맛있겠다고 칭찬도 해준다. 대인기피증이 무엇인가 싶을 정도로 사람들이랑 소통하는 것이 즐거웠다. 그때 알았다. 나도 관종기가 있구나. 주말 공휴일 할 것 없이 매일 독서하고, 운동하고 식단인증을 했다. 처음 식단을 만드는 데 두 시간이 들었다. 맛, 영양, 비주얼 다 잡는 식단을 만들어 그동안 고생한 세상에서 가장 소중한 나한테 대접하기로 했으니 시간이 당연히 오래 걸렸다. 3개월이 지나니 노하우가 생겨서 30분도 안 돼서 뚝딱 만들었다.

반복의 힘은 생각보다 강했다. 나의 의지랑 상관없이 습관이 나를 위해 일을 해주니 이대로라면 뭐든지 할 수 있을 것 같은 자신감이 생겼다. 얼굴 한 번도 못 봤지만, 응원하는 댓글에서도 사람들의 진심이 느껴졌다. SNS는 진실하지 못하다는 나의 선입견을 깨기 시작한 계기가 되었다. 진심으로 즐기면서 하다 보니 100일을 완주하게 되었고 100일을 완주하고 나니 다이어트에도 성공하고 독서 챌린지로 한 권 두 권 쌓아올리면서 3년간 100권 가까이 되는 책을 읽게 되었다. 평생 야행성으로 살아왔는데 미라클모닝으로 나를 들어 올리는 연습도 시작했고 거듭되는 '완주'라는 소소한 기적도 선물 받았다. 작지만 미라클모닝 커뮤니티도 운영하고 있다. 혹시 나처럼 힘든 상황을 겪는 사람이 있다면 이겨내게끔 도와주고 싶은 마음에 만든 챌린지다. 나는 사람들을 도울 때 행복감을 느낀다는 걸 아주 오래전부터 알고 있었다. 내가 좋아하고 행복한 이 일을 선택했다.

작은 성취가 거듭될수록 모든 것에 감사한 마음이 들면서 얼굴에 화색이 돌기 시작했다. 얼음처럼 꽁꽁 얼어붙었던 몸과 마음이 따뜻해지고 밖으로 나가고 싶어졌다. 몸에 근육이 생기니 마음 근육도 생긴 것이다. 현재 3,000개 넘은 인증 게

시물이 있다. 보관된 게시물까지 합치면 3,500개는 거뜬히 넘는다. 참 열심히도 살았다.

우리는 누구나 삶에서 이별, 죽음, 파산 등 크고 작은 두려움을 느끼며 살아간다. 역경과 좌절이 전혀 없었다면 이렇게 열심히 살려고 발버둥치지 않았을 것이다. 오히려 지금 생활에 만족하고 그럭저럭 사는 '끓어오르는 물에서 서서히 죽어가는 개구리'가 되었을지도 모르겠다. 영원히 함께일 것만 같았던 가족과의 이별과 아들의 아픔이 있었기에 삶이 유한하다는 것도 알게 되고 하루라도 더 열심히 살게 됐고 매일매일의 매 순간이 절박하고 농밀했다.

보통 사람들은 시련이 닥쳐오면 상황을 바꾸려고 안간힘을 쓰지만 자기 자신을 개선하는 데는 소홀하다. 이러한 마음이 우리에게 한계의 벽을 만들어준다. 우리는 부모를 선택해서 태어날 수도 없고 예고 없이 닥치는 상황들과 환경들도 피해 갈 수 없고 선택할 수도 없다. 이렇게 객관적인 환경은 바꿀 수 없지만 내 생각은 바꿀 수 있다. 그 생각을 단련시켜서 모든 상황을 바꿀 수 있는 능력을 우리는 모두 가지고 있다.

선택할 수 없는 것은 받아들이고, 질문을 던지며 실행하는 순간 해답이 찾아오고, 문제가 극적으로 해결되고 기적도 일어나는 것이다. 걱정은 생각에 머무는 것이고 선택은 앞으로 나아가는 것이다. 늘 바꾸지 못하는 것보다 바꿀 수 있는 것에 집중하고 용기내어 자신의 한계를 깨고, 결단하고, 집중해 자신을 사랑하기 시작하는 순간 온 우주가 나를 위해 길을 열어준다.

"당신은 무일푼에서 시작할 수 있다. 그리고 길 없는 황무지에서 시작하여 길을 발견할 것이다. 우주를 믿어라, 믿고 신뢰하라. 믿고 첫걸음을 내딛어라. 계단의 처음과 끝을 다 보려고 하지 마라. 그냥 발을 내딛어라."
- 마틴 루터 킹 주니어 박사 -

김금희의 글

기적을 이루는 마인드셋

자기 계발을 시작하면서 SNS 프로필란에 뭔가를 적어야 하는데 나는 내놓으라 하는 성공한 사업가도 아니고 사회에서 인정받는 대학교수나 변호사, 의사도 아니고 평범한 사람인데 무엇을 적을까 생각해보니, 나름 모든 걸 쏟아부었던 삼십 대에 메이크업 콘테스트에서 대상을 받은 기억이 났다. 이때의 경험은 내가 후에 한국 생활을 시작하며 도전했던 의류 사업에 큰 도움이 되었다. 이 대상이 내 인생에서 값진 이유는 상 자체가 아니라 일생에 한 번 있을까 말까 하는 나의 간절함, 모든 노력을 쏟아부었던 기억, 생각하는 대로 이루어진다는 체험을 직접 몸으로 경험하면서 오늘날 역경을 이겨낼 수 있는 마음 근육을 키웠던 소중한 과정이었기 때문이다.

때는 바야흐로 15년 전이다. 중국진출을 한 국내에 몇십 개의 프랜차이즈업체를 운영하는 대형메이크업 학원에서 콘테스트를 개최한다는 것이었다. 대상을 선발하며 한국 강남 본원에서 한 달 동안 무료 연수를 받는 혜택이 있었다. 그 당시 나는 중국의 모 백화점에서 한국 화장품 매장을 운영하고 있었다. 한국에서 화장품을 수입해 오프라인매장에서 유통하는 일이었는데 그때만 해도 온라인쇼핑이 지금처럼 엄청나게 활성화되지는 않아 오프라인 매장 운영이 잘되는 시기였다.

어릴 때부터 워낙 꾸미는 걸 좋아하고 이쁜 걸 좋아해서 언젠가는 의류나 화장품매장을 꼭 하고 싶었는데 때마침 지인분이 모 글로벌 네트워크 마케팅 회사에 몸담고 계셨는데 거의 애원하다시피 부탁하셔서 반강제로 끌려 그 회사 네트워크 마케팅 화장품 강의를 몇 번 들었다. 네트워크 마케팅을 안 하더라도 화장품은 관심 분야라서 메모하면서 정말 열심히 들었다. 어느 순간 준비가 되니 이 정도 지식이면 나도 화장품 관련 매장을 차려서 고객들한테 정보를 제공해주고 수익도 낼 수 있겠다는 생각이 들었다. 무작정 벼룩시장 신문을 꺼내 들었다. 양도 광고 중에서 지역에서 가장 유명한 백화점 매장 하나가 양도된다길래 망설임 없이 방문했다. 백화점 정문으로 들어가자마자 바로 보이는 10평 남짓한 작은 매장이었다.

그 백화점은 그 당시 그 도시에서 유일하게 한국상품만 유통하기로 유명한 보증수표 백화점이었다. 매달 임대료가 지금 돈으로 6,000위안 정도였다. 한화로 환산하면 약 120~200만 원 정도이다. 15년 전 중국에서는 고가의 임대료였다. 입점하면 99% 이상 대박을 보장하고 돈을 많이 벌게 돼 있을 정도로 유동 인구가 많은 중심 상권에 자리 잡고 있었고 백화점 측 마케팅도 잘돼있는 상황이었다. 그 도시에서 가장 트렌디하고 독보적인 한국상품백화점이었다.

그 백화점에 입점하려면 매장임대료, 물건 진열 값까지 포함하면 최소한 5만 위안, 원화로 1,000만원 정도는 있어야 했다. 그때 그 도시의 일반인 월급은 한화로 환산하면 10~20만 원 정도였다. 1,000만원은 내 조건에서는 도저히 엄두를 못 냈다. 그런데 헐값 300만 원에 임대했다. 그때 나한테는 400만 원 정도 있었는데 300만 원에 임대료를 내고 100만 원으로 물건을 허접하게 맞출 수 있을 것 같아서 계약하려는데 옆 가게 마음씨 좋은 사장님이 이 자리는 입점하는 업체마다 3개월을 못 버티고 계속 그만둔 쪽박 자리라서 잘 생각해 보고 시작하라고 귀띔해주셨다.

그러자 오히려 오기가 생겼다. '그 사람들이 못한다고 내가 못 할 리는 없잖아. 보여주고 말겠어.' 잡념 따위는 뒤로 하고 오기 하나만으로 과감하게 계약했다. 매장을 개점하고 나서 정말 열심히 했다. 다른 집은 물건도 촘촘히 진열해놔서 시각적으로도 예뻤지만 내 가게는 없는 돈으로 시작하다 보니 진열장이 휑뎅그렁했다. 엄마 아빠가 걱정하실까봐 집에 도움을 요청할 상황도 아니였다. 첫 달은 보기 좋게 적자를 냈다. 어떻게 하면 다른 매장과 차별화해 이 매장을 살릴까 밤낮으로 고민하고 밥 먹을 때도, 화장실 갈 때도 가게 운영 생각이 머리에서 떠나지 않았다.

다행히 나는 20대에 컴퓨터 관련 회사를 운영했던 경험이 있어서 인터넷으로 검색하고 연결하여 국내 최신유행 화장품을 백화점 유치에 성공해 공급이 수요를 따라가지 못할 정도로 그야말로 대박이 났다. 브랜드로 말하자면 이름만 대면 다들 알만한 젊은 세대를 겨냥한 초저가 화장품이였다. 결혼과 함께 한국으로 오면서 부득이하게 가게를 정리했지만 매장은 처음 양도가의 여섯 배 가격에 매각이 되었다.

가게가 토탈 샵이다 보니 이뻐지고 싶고, 미용에 관심은 많은데 꾸미는 것이 서투신 아주머니 할머니 고객들도 많이 오셨다. 선진국의 백화점에는 메이크업을 직접 시연하는 시스템이 이미 유행이었지만 내가 사는 도시의 중국백화점에는 그런 시스템이 없었다. 틈새시장을 발견했다고 할까? 메이크업을 배워 매장에서 메이크업을 시연하면서 제품을 판매하는 사업구상을 했다. 그래서 등록한 것이 중국에 진출한 그 모 대형 메이크업학원이었다. 등록금도 만만치 않았지만 투자라고 생각하며 없는 돈을 다 끌어모아서 쏟아부었다.

메이크업 첫 수업을 들어가는 날, 아직도 잊히지 않는다. 나 빼고 모두 나보다 열 살 가까이 어린 20대 초반인 이쁜 아가씨들이었다. 첫 수업은 연필 소묘와 종이에 눈썹 그리기였다. 다행히 어린 시절 엄마는 내가 그림에 소질이 있다는 걸 눈치채셨는지 아니면 딸을 우아하게 키우고 싶으신 욕심이셨는지는 몰라도 미술학원에 보내서 그림을 배우게 했다. 그때 경험 덕분에 아주 오랜만에 그림을 그려봤지만, 손이 기억하는지 테스트를 무난히 통과했다. 그때 미술학원 수업 시절에 익혀두었던 소묘기초가 있어서인지 첫 수업에 선생님이 다른 수강생들 앞에서 나를 감각이 좋다고 칭찬도 해주셨다. 나이가 많다고 위축되었는데 자신감이 붙었다,

그 후에 수업을 계속 이어 나가며 종이에 그리고 피부에, 얼굴에, 몸에 그림을 그리며 적은 노력으로도 다른 수강생들에 비해 메이크업에 조금 편하게 접근하고 조금 더 잘할 수 있었던 거 같다. 그러던 어느 날 드디어 메이크업대회가 열리는데 대상에 입상되면 한국 본사 한 달 동안의 무료 연수 기회가 주어진다는 학원 공문이 나붙었다. 메이크업, 손톱, 피부관리, 스타일 리스트 전체과정을 공짜로 선진국의 전문가한테서 배울 기회였다. 현재 나의 경제적 수준에서는 도저히 넘볼 수 없는 고가의 수강료가 드는 기회라 꼭 잡고 싶었다. 그때부터 나

는 결단하고 작품의 전체 구상을 하기 시작했다. 작품이 마감되기까지 한 달이 걸렸는데 밥 먹을 때나 화장실 갈 때나 매장에서 일을 할 때나 작품 생각만 했던 것 같다. 매일 의상 만들고 연습하고 학원에서 살다시피 했다.

초반부터 다른 사람들과 전체적인 틀에서 차별화시키려고 의상 제작에 집중했다. 다른 수강생들은 진짜 옷만 만드는 데 그쳤지만, 나는 가느다란 오색 전깃줄을 의상 속으로 넣는 작업을 추가로 했다. 대회 당일날 모델의 손에 리모컨을 쥐여주고 런웨이 하이라이트 부분에서 모델이 버튼을 누르면 전구가 켜지면서 옷 속에서 화려한 빛이 드러나는 그런 작품 컨셉이었는데 구상하고 나서도 이게 될까 고민도 없지 않았다. 왜냐하면 위험했기에 다른 사람은 시도하지 않았다. 진짜로 그 의상을 만드느라 감전돼서 죽을 뻔한 적도 있었다. 그래도 다시 시도하고 방법을 연구했다.

여러 번 시도 끝에 안전한 방법을 연구하는 데 성공했다. 솔직히 의상은 자신 있고 확신이 있었다. 대회를 7일을 앞두고 어떻게든 실력으로 당당하게 대상을 거머쥐고 싶은 마음이 간절했던 나머지 조금 유치하지만, 무속인의 조언도 들었다. 무속인은 작품의 머리 부분이 까맣게 보이니 전체적인 작품에서 윗부분을 신경 쓰면 대상을 탈 수 있다고 조언해 주셨다. 당시 우연의 일치인지는 몰라도 나는 의상에만 집중하고 메이크업 연습을 소홀히 했던 터라 말이 되는 조언이었다. 운칠기삼이라는 말도 있고 운이 중요하지만 노력이 전제되어야 한다는 조언도 덧붙여 주셨다.

그때부터 본격적인 메이크업 스킬 연습에 들어갔다. 무대 위에서 5분을 위해 한 달 동안 매일 매장 퇴근하며 몇 시간씩 집에서 메이크업 연습을 했다. 모델이 런웨이를 걸을 때 음악도 본인이 선정해야 한다. 다른 사람들은 유행하는 신나는 댄스, 힙합 음악으로 준비했다. 지금도 그렇지만 나는 조금 외계인 성향이 있는 것 같다. 남들이 환호하고 유행하는 걸 그다지 좋아하지 않는 편이다. 예를 들면 누가 나랑 똑같은 옷을 입으면 그때부터 그 옷을 버릴 정도로 남과 비슷해야 한다는 그런 생각을 별로 안 좋아하는 청개구리 성향을 조금 타고난 거 같다. 음악 선정에서도 남들과 똑같이 하기 싫었다. 나는 과감하게 다른 사람들은 갸우뚱하는 7080 클래식 바이올린 곡으로 선정했다. 아빠가 음악을 하시다 보니 우리 집은 다른 집과 달리 어릴 때부터 자주 음악이 흘러나오는 집이였다. 그래서 기타나 바이올린, 피아노곡은 나한테는 자장가처럼 가장 편안하고 익숙하다. 모델이 런웨이에서 내가 만든 의상을 입고, 내가 해준 메이컵을 한 얼굴과 몸으로, 미소를 머금으며 무대로 걸어 나온다. 리모컨 버튼을 누르자 의상에 화려한 조명이 켜지고, 바이올린의 고급스러운 클래식 음악이 흘러나오고, 무대

조명에 블루색상의 의상과 바디 페인팅 메이크업이 눈부시게 반사되면서 시선을 사로잡는 화려함의 끝판왕을 상상하는 것만으로도 완벽했다.

그렇게 한 달 여정의 준비를 마치고 드디어 대회 날이 되었다. 그런데 또 다른 문제가 터졌다. 이 방대한 의상을 대회장까지 옮겨야 하는데 의상 부피가 너무 커서 그 당시 중국의 택시는 아주 작아서 뒤 범퍼에 들어가지 않았다. 이런저런 시도 끝에 꾸역꾸역 구겨서 넣고 출발했다. 당시는 2월이라 한창 추웠지만 열심히 준비한 옷이 망가질까 봐 긴장한 탓인지 대회장에 도착했는데 얼굴이 땀범벅이 되었다. 새벽부터 일곱 시간을 준비하느라 이미 많이 지쳐있었다. 어쨌든 우여곡절 끝에 드디어 쇼는 시작되었고 마지막에 모델과 디자이너가 손을 잡고 런웨이를 걷는 파트가 있었는데 모델과 걸으면서 심사위원석과 관중석을 봤는데 그들의 표정을 읽으며 '내가 대상이구나!' 하는 확신이 들었다. 내 예감은 틀리지 않았다. 나는 대상을 받았다. '야호~!' 그때 그 순간에 느꼈던 복합적인 감정들은 15년이 흐른 지금도 잊을 수가 없다. 내 인생에 이렇게 모든 걸 쏟아붓고 확신으로 임할 수 있는 순간이 앞으로도 살면서 몇 번이나 있을까?

어릴 때 미술학원에 보낸 엄마께 정말 고맙다. 모든 경험은 연결이 되어있다는 걸 느꼈다. '세상에 쓸모없는 경험은 없다.' 장황하게 늘어놓은 나의 삶의 아주 일부분의 이야기지만 십수 년의 지난 지금도 그때를 떠올리면 에너지가 다시 샘솟고 순위와 상관없이 최선을 다한 내가 사랑스럽고 좋다. 내가 청소부를 하든, 식당에서 서빙을 하든, 아니면 직장에 다니든, 사업을 하든, 육아을 하든, 언제 어떻게 연결이 되어 빛을 발할 날이 올지 모르니 남들과 비교하지 말고 현재의 나의 상황을 받아들이고 상상하고 최선을 다하면 반드시 기회는 온다는 사실은 진리이다.

자기 계발을 시작하며 SNS상에서 경력 단절이 되어서, 인생의 역경을 맞고 추락하여 재기하려는 사람들을 정말 많이 보게 되었다. 현재는 내가 뒤처진 것 같아도 주어진 상황에 감사하고 최고가 되겠다는 마음으로 임해보자. 모든 경험은 연결이 되어있기 때문에 한 분야에서 정점을 찍어본 사람은 다른 분야에 가도 최고가 될 확률이 높다. 왜냐면 마인드가 그렇게 맞춰져 있기 때문이다. 늘 준비하고 있어야 기회가 찾아왔을 때 알아보고 잡을 수 있다. 신이 감동하여 돕는 사람은 그만큼 온 마음을 다해 행동하는 사람이다. 먼저 큰 에너지를 발산해야 그에 맞는 흡수가 이루어진다.

승자와 패자는 간발의 차이라는 말이 있다. 승자와 패자의 다른 점이 매우 큰 것처럼 보이지만 사실 매일 작은 생각의 차이에서 온다는 뜻이다. 겉으로 볼 때는 별 차이 없어 보이지만 사소한 생각과 작은 노력이 모이고 모여 시간이 거듭할수록 엄청난 차이를 만들어낸다. 99%면 망친 것이고 100%라야 달성한 것이다. 포기하고 싶은 마지막 순간을 참아내고 한계를 넘어서야 그다음 문이 열린다. 그래야 내가 원하는 세상으로 갈 수 있다.

김금희의 글

습관 만들기 첫 단계는 나를 아는 것.

친정의 부재가 생기고 나서 더는 중국에 남아있을 이유가 없었다. 그래서 선택한 또 다른 이름의 가족, 시댁이 있는 곳에서 슬기로운 한국 생활이 시작되었다. 개인적인 건강 상태로 뱃속에서 첫 아이를 잃고 나서 임신이 잘 안 되었는데 5년 만에 귀한 아들이 생겼다. 세상을 다 얻은 것처럼 기쁘고 행복했다. 어렵게 얻은 아들이라 정말 예쁘게 키우고 싶었다. 세상에서 좋은 것은 다해주고 싶었다. 단순하게 아들을 예쁘게 꾸며주자는 생각으로 시작한 일이 아동복 일이다. 아동복 일을 하면 아들한테 가장 이쁜 옷들을 가장 먼저 입힐 수 있을 것만 같았다. 모든 부모가 그러하겠지만 나 역시 아들한테는 무엇이든 최고로 해주고 싶었다. 물론 경력 단절이 오래되니 나만

뒤처진 것 같아서 불안한 마음도 없지 않아 있었다. 처음부터 도매로 시작한 것은 아니다. 카카오 스토리 판매가 활성화되던 시기에 온라인판매를 시작해볼까 생각하고 무작정 아들을 업고 남대문으로 향했다. 나는 체구가 왜소한데 아들은 아빠를 닮아서 우량아였다. 아들을 업고 다니는 것을 보면 거래처 사장님들이 안쓰러운지 아기가 아기를 업고 다닌다고 늘 진담 반 농담 반 얘기하셨다.

젊은 시절에 키워두었던 눈썰미 덕분에 최신유행의 잘나가는 아이템을 빠르게 선별하고 거래처를 찾아서 공급원을 확보했다. 모든 판매가 그러하겠지만 특히 소매 판매는 고객님과의 커뮤니케이션, 배송 퀄리티에 신경을 많이 써야 한다. 아직 엄마의 손이 많이 가는 아들을 돌보면서 소매 판매는 쉽지 않았다. 그래서 다시 알아보고 시작한 것이 도매일이다. 대량으로 주문받고 배송 나가고 무엇보다 중간에 사장님 마인드를 가진 분들과 소통하면서 그분들이 소비자와의 문제는 알아서 처리해주니 아들을 돌보면서도 간신히 가능했다.

업무 내용은 온라인 소매판매업체, 지방에서 오프라인 가게를 하지만 서울 쪽으로 오기 쉽지 않은 점주분들에게 일정액 수수료를 받고 위탁판매를 해주는 일이었다. 소매 판매보다는 신경이 덜 쓰이고 배송도 한 장, 두 장이 아니라 대량으로 나가기 때문에 미세 불량이나 어느 정도의 하자는 소매 사장님들이 알아서 처리해주시기로 합의하니 소매보다는 소비자와 다이렉트로 연결되는 일도 없어 스트레스는 덜 받았다. 하지만 오더 수량이 많고 소매 사장님들께 수시로 배송상태를 확인해줘야 하고 물건이 밑도 끝도 없이 안 나오는 날에는 공급처와 신경전도 벌여야 하면서 갈수록 쉽지 않았다.

지금은 거래처에서 신상 제품 사진을 제공하지만, 그때만 해도 제품 쌤플을 받아와서 사진도 직접 찍어야 했고, 아들을 돌보면서 사진을 찍고 업로드하려니 너무 힘들었다. 어떤 날은 48시간 잠을 안자고 일했던 적도 있다. 지금 생각하면 참 바보 같다. 주문량이 많으니 직원도 쓰고 지인들도 도와주고 가족들도 가끔 옆에서 도와주었지만 '밑 빠진 독에 물 붓기'였다. 오더가 많으니 주문량은 많은데 도매다 보니 중간 마진율이 낮고 혹여나 불량이 나가고 반품이 들어오면 그날은 마이너스가 난 날도 허다했다. 그런데도 10년 가까이 이 일을 지속할 수 있던 이유는 내가 이 일을 사랑하고 즐겼기 때문이 아니었나 싶다. 아들을 이쁘게 해주려고 시작한 일인데 정작 아들은 거지처럼 입히고 일이 너무 재미있고 좋아서 피곤한 줄도 모르고 그렇게 몇 년을 보냈다.

이름을 대면 알만한 대형업체에 뽑혀서 큰돈을 벌며 행복했던 날도 있었고, 보상을 생각하지 않고 성실하게 일한 덕분에 손님들이 뽑은 인기 업체 1위에 당첨된 적도 있었고, 손님이랑 예기치 못한 갈등으로 인해 밤잠 설치며 고민하던 날도 많았고, 모르고 사용했던 사진이 문제가 되어서 일방적으로 법적 소송을 당한 적도 있었다. 급하게 배송을 나가야 하는 중요한 오더 건에 아들이 음식을 쏟아서 주저앉아 펑펑 울었던 날도 있었고, 손님들과의 약속을 지키려고 밤을 새워서 업데이트하고 포장하고 배송했던 시간도 수도 없이 많았다.

그렇게 어느 정도 성장을 해서 나의 중국 커리어를 살려 글로벌진출도 하려고 사무실도 차리고 준비하던 차에 친정엄마가 쓰러지셨다. 친정의 부재가 생기는 바람에 그간의 나의 모든 노력이 물거품으로 돌아갔지만 내 삶에 있어서 이렇게 오랫동안 한 가지 일을 지속했던 적이 과연 몇 번이나 있었을까? 지금은 끈기의 여신이라고 다들 좋게 불러 주지만, 예전의 나는 늘 작심삼일이었다. 나의 가장 치명적인 단점이라 해도 과언이 아니었다. 온라인판매는 코로나가 터져도 크게 지장을 받지 않았지만, 하루가 다르게 변해가는 세상에 적응하기 위해서 최근에는 디지털 노마드를 꿈꾸면서 의류 외에도 다양한 일에 도선하고 있다. 언젠가는 꿈꿔왔던 일들을 하나씩 차근차근 이루어나갈 것이다.

받기 위해서는 먼저 주어야 하고 주는 것이 있으면 반드시 보상이 있다는 사실, 이것이 바로 부를 이루는 기본원리다. 에머슨은 이것이 '법칙 중의 법칙'이라고 강조했다. 보상을 생각하지 않고 진심으로 일을 즐기며 하다 보니 돈이 끊임없이 따라왔다.

우리는 태어나서 누구나 성취하고 성공한 사람이 되고 싶어한다. 그러려면 어떤 일을 지속해야 하는 데 지속하는 힘을 키우려면 가장 먼저 내가 좋아하는 일, 잘하는 일이 무엇인지 찾아야 한다. 내가 무엇을 좋아하는지 질문을 할 때 세상은 나에게 답을 내려준다. 잘 모르겠으면 펜과 노트를 준비해서 차분히 준비해보자. 꾸준함은 하고 싶은 일이 있어야 가능하다.

자신에게 기쁨을 주는 일들은 결국 지속할 수밖에 없고 그 지속함이 습관을 만들어 습관이 우리가 도달하고자 하는 곳으로 데려다 줄 것이다. 언젠가부터 나는 습관의 저력을 알게 되고 조금씩 꾸준히 쌓이는 시간의 가치가 어마어마하다는 것을 알게 되었다. 습관은 자동이다. 힘을 뺄 필요가 없다. 좋은 습관을 하나 잘 장착해놓으면 목적지까지 가는 자율주행 자동차를 타는 것이다. 잠재의식이 나를 위해 일을 해준다. 잠재의식은 일반 의식보다 삼만 배 파워풀하다. 잠재의식으로 이루지 못할 일은 없다. 맞는 말이다. 정말 그렇다.

김금희의 글

"천재는 노력하는 사람을 이길 수 없고 노력하는 사람은 즐기는 사람을 이길 수 없다." - 롤프 메르쿨레 -

한계는 스스로 정하는 것이다

현재의 나는 늘 에너지가 넘치고 열정적이지만 사실 어릴 때부터 선천적으로 몸이 많이 약해서 어지럼증을 달고 살았다. 혈기 왕성한 10대 초등학교 시절에도 알 수 없는 병명에 한동안 제대로 걷지를 못해서 학교에 갈 수 없게 되었다. 집에서 학교까지는 4킬로 남짓하다. 학교 가는 길은 지금 시골의 비포장도로보다도 훨씬 더 열악한 기찻길 옆 1미터도 안 되는 좁디좁은 오솔길을 따라 철교 하나 건너서 한참 가야 학교에 도착한다. 지금 겨울은 지구온난화가 되어서 별로 춥지는 않지만 어린 시절 시골의 겨울은 정말로 춥고 눈도 많이 왔었다. 아팠던 그 시절에는 혼자서는 걸어서 갈 수 없는 상황인데도 학교에 가야 한다고 고집부려서 엄마가 나를 업고 4킬로 거리를 다리가 호전될 때까지 걸어서 등교시켰던 기억이 있다. 나도 엄마지만 아들을 업고 1킬로도 걷기 힘든데 우리 엄마는 자식 사랑만큼은 참 대단한 분이였다. 고등학교까지 12년 동안 결석, 지각을 한 번도 한 적이 없을 정도로 학교와 공부가 너무 좋았었다.

그러나 몸이 약하다 보니 내 의지와 상관없이 아침 일찍 일어나기가 무척 힘들었다. 아빠는 평생 거의 하루도 빠짐없이 새벽 네 시에 일어나셔서 하루를 시작하시는 새벽형 인간이셨다. 어린 시절 가장 싫었던 것은 아빠가 새벽이면 빨리 일어나라고 잔소리하셨던 기억이다. 잠을 더 자고 싶은데 일찍 깨우는 아빠가 어린 마음에 미웠다. 아빠는 늘 '자고로 사람은 빨리 자고 빨리 일어나야 큰일을 한단다.'라고 귀에 닳듯이 말씀하셨다. 나도 빨리 일어나고 싶지만, 일찍 일어나는 날에는 늘 어지럽고 피곤했다. 노력해 보았는데 아침형 패턴은 나랑 정말 안 맞았다. 아빠의 잔소리가 너무 싫었다.

엄마는 계절이 바뀔 때마다 아무리 바빠도 제철 음식을 꼭 먹어야 한다며 분주하셨다. 엄마는 살림도 요리도 잘하는 분은 아니셨지만, 제철 음식만큼은 꼭 나와 동생한테 먹이려고 극성이셨다. 먹으면 어떻게 좋은지 논리적으로 설명은 못 하셨다. 그때는 내가 너무 어려서 아빠와 엄마의 행동을 이해하지 못했지만, 최근에 공부하면서 이해가 되었다. 음식은 생명의 본성이고 음식으로 치료 못 하는 병은 약으로도 치료 못 한다. 사계절이 뚜렷한 지역에서 건강하게 살아가기 위해서는 그 계절을 버티기 위한 생명력과 영양을 흠뻑 받아들이기 위해 꼭 먹어야 한다.

"아침에 좋은 생각이 나는 것은 그냥 그런 것이 아니라 기(氣)의 흐름이 그러기 때문이고 늦잠은 빈궁단명(貧窮短命)의 원인이다."

-《절제의 성공학》(바람. 2013)

나는 선천적으로 몸이 약하고 편식이 심해서 아침 기상과 식성 좋은 사람과는 거리가 멀다고 생각했는데 3년 동안 자기계발하며 미라클 모닝도 성공했다. 식단도 성공해서 나름 골고루 그것도 이쁘게 먹을 수 있는 좋은 습관을 만들게 되었다. 지금 생각하면 내가 어릴 때 할 수 없다고 생각했던 건 의지와 간절한 마음이 없었기 때문이었다. 자신한테 한계를 가두지 말자. 누구나 각자 사정과 이유가 있을 수는 있겠지만 스스로 한계를 가두지 않는다면 더 노력하게 되고 결국은 목표에 걸맞게 해내는 사람이 된다. 자신을 넘어서고 이길 수 있을 때 사람은 가장 강한 사람이 된다.

따르릉따르릉 오늘도 어김없이 세 시 30분에 알람이 울린다. 새벽 네 시 기상을 몇 년간 지켜왔지만, 기상 후 이부자리를 개고 양치하고 음양탕을 마시고 간단한 스트레칭과 명상을 하고 나면 30분 정도 소요되니 늘 30분 일찍 일어난다. 어제는 종일 외부 활동이 있어서 피곤해 일어날 수 있을까 걱정했으나 그동안 만들어온 루틴은 내 의지랑 상관없이 나를 침대에서 일으켜 세운다. 평생 할 수 없다고 생각했던 나의 생활 패턴이 바뀌고 활기를 되찾자 이 좋은 것을 사람들이랑 나누고 싶었다. 그래서 시작한 것이 미라클 모닝과 만 보 걷기 챌린지다. 최근에는 바빠서 참여자들에게 SNS 새벽 긍정 확언을 올려드리고 인증하는 게 전부지만 470일간 하루도 약속을 어긴 적이 없다. 조회 수에 집착하지 않고 영혼을 담아 콘텐츠를 만들고 챌린지를 이어 나가는 중이다.

챌린지가 경제적인 수익이 일어나는 일은 아니지만 요즘 나의 행복한 일상을 채워주는 아주 중요한 부분이다. 66일 챌린지 1기부터 8기까지 470일 가까이 많은 멤버들이 참여했고 성장하셔서 자신만의 분야에서 나름 멋지게 성공한 분들도 계시다. 나의 글들이 도움이 된 것이라고 콕 집어 말할 수는 없지만 그분들이 내 챌린지를 거쳐서 성장하고 성공의 길로 들어섰다는 점에서 너무 뿌듯하고 또한 진심으로 응원하고 나 또한 행복하다.

누군가는 '설마 대가 없이 챌린지를 이어갈 리가?' 라고 질문할 수도 있겠지만 세상일이 꼭 대가가 있어야 하는 것은 아니다. 경제적 이익이 안 되어도 나는 사람들이 나로 인해서 성장해나가고 행복해할 때 보람을 느끼며 내가 가치 있는 사람이라는 것을 느낀다. 대가라고 하면 나중에 내가 책을 썼을 때 멤버들이 응원해주는 정도 도움은 조금 받을 수 있겠지만 그렇다고 그걸 바라고 하는 건 아니다.

독서, 운동, 미라클모닝을 통해 외면이 바뀌니 내면이 바뀌고 내면이 바뀌니 시야가 넓어졌다. 장기간 책을 안 읽어서 집중하기도 쉽지 않았지만, 지금은 진심으로 책을 좋아하게 되었다. 이렇게 글도 쓰고 있고 실행하다 보니 어릴 때부터 몸이 약해서 운동과는 거리가 멀다고 생각했는데 어릴 때 물에 빠져 죽다 산적이 있어서 물 공포증이 있음에도 불구하고 3개월에 수영을 자유영, 배영, 평영, 접영까지 금방 익힐 정도의 운동감각도 꽤 있었다는 걸 발견했다. 현재는 매일 취미로 줌바 수업도 참여하면서 춤을 참 이쁘게 잘 춘다는 선생님의 칭찬도 받으면서 또 다른 나를 발견해나가는 재미로 꾸준히 즐겁게 성장해가는 중이다. 결국 실행이 답이다. 시도해보지 않으면 내가 어떤 재능이 있는지 알 수 없다.

얼마 전에 개그맨으로부터 사업가로 성공하신 고명환 님의 책을 읽은 적이 있는데 한 구절이 인상 깊게 다가왔다.

"나는 얼마짜리 사람인가? 당신은 돈으로부터 얼마나 자유로운가? 진정한 자유를 누리기 위해선 돈으로부터 자유로워야 한다. 여기에는 두 가지 방법이 있다. 필요한 만큼의 돈을 벌든가, 돈이 없어도 행복할 수 있다는 철학으로 무장하든가. 혹자는 넌 돈을 쓰고 놀아봐서 아는 거 아냐? 라고 말할지 모르지만 우리는 무언가를 이해하기 위해서 모든 것을 경험해볼 필요가 없다. 책을 통해 얼마든지 알 수 있기 때문이다. 난 '배부른 돼지보다 배고픈 소크라테스가 되겠다.'라는 말을 마흔일곱이 되어서야 이해했다. 이제는 몸의 쾌락보다 정신의 쾌락이 훨씬 좋다. 나는 독서를 하며 내가 30억짜리 사람임을 알게 됐다. 더 벌 수도 없고 더 필요하지도 않다. 이를 악물면 돈을 더 벌 수 있겠지만 벌지 않는다. 필요 없기 때문이다. 정확한 목표가 생기자 머릿속이 시원해지고 재미있는 사실은 목표를 세우고 선순환으로 돈을 버는 구조를 만들면 돈이 더 많이 벌리기 시작했다는 것이다."

- 고명환. 《이 책은 돈 버는 법에 관한 이야기》 (라곰. 2022)

내 가치관이랑 어느 정도 일치한 부분이라 읽는 순간 공감이 팍팍 됐다. 나는 나에게 질문한다. 나처럼 힘든 사람들에게 내가 나눌 수 있는 것은 무엇일까? 세상에서 내가 가장 소중해서 자기 계발을 하는데 또다시 역경이 닥치면 내가 도망치지 않으려면 무엇을 해야 할까?

《쓰려고 읽습니다》(책과 강연. 2023)의 이정훈 작가는 " 걸어왔으면 족적이 남아야 한다"고 말했다. 조금 극단적인 면이 없지 않아 있지만 나는 이 말이 신선하게 다가오면서 왠지 공감됐다.

내 족적을 남기려면 어떻게 해야 할까? 그래서 선택한 것이 글쓰기이다. 내가 힘들 때 도망치지 않고 차분히 자신을 돌아볼 수 있으려면 글쓰기가 가장 강력한 도구라고 확신한다. 이때까지 많은 책을 읽으며 변화는 있어도 역동적으로 삶이 바뀌지 않은 이유는 어쩌면 읽기와 쓰기의 순서가 바뀌고 실행하지 않아 그럴 수도 있겠다는 생각이 들었다.

그동안 틈틈이 마음이 답답할 때면 일기를 써왔지만 일기를 쓰는 데 그치시 발고 녹자가 읽는 글을 쓰기로 결단했다. 그렇게 베스트셀러 작가를 꿈꾸는 나의 첫 책 쓰기 도전을 시작했다. 중국에서 자랐고 한글 교육을 받았지만 중국어를 더 많이 접하다 보니 함께 하는 다른 작가들보다 한국어 어휘력 구사 능력이 많이 뒤처져있다. 글을 쓰면서 한계가 느껴질 때도 참 많았다. 하지만 두려움을 뒤로 하고 실행하고 하니 우여곡절 끝에 어떻게든 써진다. 지금 퇴고하며 가슴이 벅차오른다. 해냈다는 생각에 감동이 밀려온다.

어려운 순간순간 문제를 해결해오며 나 스스로가 나 자신한테 멘토가 되고, 문제를 해결했다는 것을 증명하는 순간 엄청난 동기부여가 된다. 앞으로도 나의 볼품없는 글들이 피 터지게 비난받을 것도 예상하지만 어제의 나보다 1%라도 성장했다면 진정한 내 것이 되고 앞으로 나아갈 길에 피가 되고 살이 되리라 확신한다. 그렇게 나는 서서히 자아실현을 이루고 타인도 이롭게 하는 균형 잡힌 성공적인 삶을 살게 될 거라 확신한다. 단언컨대 지금이 내 삶에 있어서 제일 예리하고 단단하고 행복한 시기이다.

세상에는 영원한 불행도 영원한 행복도 없다. 모든 만물은 돌고 도는 것이 자연의 이치다. 이 글을 읽는 독자분들도 인생이라는 험한 갈림길 앞에서 역경의 삶에 굴하지 말고 당당하게 맞서서 타인과 비교하지 말고 나답게 멋지고 행복한 삶을 살아나가시길 진심으로 바란다.

김금희의 글

"너의 한계성에 도전해 싸우라.
그러면 분명히 그것들은 네 능력 안에 들어올 것이다."
_ 리차드 바크

갓생과 미생 그 어디 사이

인생이란 무엇일까?

예전에 강의를 들으러 갔었다. 강연 중 강사가 '인생이 무엇이라고 생각하세요?'라고 물었고 수강자 대부분은 가만히 그 강사님의 입만 바라보고 있었다. 나도 마찬가지였다. 답이 없자 강사는 칠판에 글자를 적었다. 한 글자 한 글자 또박또박. 잠시 후 칠판에는 '人生'이라는 두 글자가 쓰여 있었다. 그리곤 청중을 돌아보며 읽어보라고 했다. '인생'이라는 단어를 나도 소리 내어 읽었다. 그러고는 물으셨다. '혹시 여기 오신 분들 분 중에 이 한자의 뜻을 아는 분 계시나요?' 주위를 둘러보았으나 적막한 고요함 속에 쌓여 조용히 자리에 앉아 있는 이들의 얼굴이 보일 뿐이다. 그냥 조용했다. 그러자 강사님은 강대상에서 내려와 사람들이 앉은 의자 사이의 통로로 걸어 들어가며 마이크를 붙잡고 이야기를 시작했다.

"자 인생은 사람이 살아가는 것이죠. 그런데 저 '생'자를 잘 보세요. 뭐가 보이세요?"

잠시 생각할 시간을 주고. 말을 이어 나간다.

"소 한 마리가 보이지 않나요?"

강대상으로 돌아가며 계속 이야기를 이어 간다.

"제 눈엔 소가 보이네요. 牛 자가 一 자 위에 있어요. 제가 생각하는 인생은 사람이 살아가는데 소가 외나무다리 위에 위태롭게 서 있는 것처럼, 한 치 앞을 알 수 없는 모습으로 앞으로 나아가는 것으로 생각합니다."

나는 그때 그 말씀이 참 마음에 크게 다가왔다. 20년이 지난 지금도 그 강연장에 앉아 있는것처럼 생생하게 그날의 분위기가 생각난다.

인생은 누구나 좁은 외나무다리 위에 서서 앞으로 나아가는 것, 아무리 내가 잘해보려고 해도 여전히 한 치 앞을 알 수 없는 것, 금수저 흙수저 그 누구라 해도 다시 시간을 돌려 뒤로 갈 수는 없는 것, 한 번의 실수가 나를 위험하게 할 수도 있는 것 아닐까?

그런 단 한 번뿐인 인생을 살아가며 내가 가진 시간과 자원을 나의 삶에 투자하고 도전하는것은 나를 사랑하는 하나의 방법이다.

갓생.

트렌드 사전을 찾아보니 갓생은 '갓'(God)과 '인생(生)'을 합친 합성어로, 부지런하고 생산적인 삶 또는 일상에서 소소한 성취감을 얻는 일을 규칙적으로 하는 것을 뜻하는 신조어라고 되어있다. 완벽하지 않은 인간이 신의 이름을 빌려 완벽한 삶을 꿈꾸고 살고 싶은 인생을 사는 것. 너무나도 멋진 MZ세대의 유행어가 아닐 수없다,

미생.

한때 유명했던 동명의 웹툰을 드라마화한 미생이라는 작품이 있었다. 바둑을 두었지만 프로기사가 되지 못한 장그래라는 청년의 이야기를 바둑에 비유하여 풀어내는데 꽤 흥미롭고 공감 가던 내용이었다.

미생은 바둑 용어로 바둑에서, 집이나 대마가 아직 완전하게 살아 있지 않은 상태. 완생의 최소 조건인 독립된 두 눈이 없는 상태를 이르는 말이다. 드라마에서는 아직 완성되지 않은 우리의 삶을 이야기했다.

무한한 가능성의 미생에서 완벽한 완생으로 나아가는 삶, 현재 우리가 나아가야 할 삶의 모습이다. 그렇다면 미생과 완생 그 어디에서 나는 어디에 자리하고 있는가? 나는 갓생을 살

아가고 있는가?

작년부터 다독을 시작했다. 다독이라 말해봤자 1년에 30권 정도지만 한국 성인의 연평균 독서량이 네다섯 권이라고 하니 평균은 웃도는 숫자이긴 하다. 더 많은 책을 읽고 쓰고 내공을 쌓아 올해 내 이름으로 된 소설책을 발간하는 것이 꼭 이루고 싶은 소망이다. 해야 하기에 하는 것이 아닌 하고 싶은 것을 해 나가는 것이 갓생의 시작점이라 생각한다. 조금씩 비록 타인보다 느릴지라도 정확한 방향을 잡아 앞으로 나가서 목표에 도달하고 그렇게 살아 완생으로 나아가는 것 그것이 지금 이 시대를 살아가는 나의 꿈이다.

그럼 이제는 무엇을 해야 할까?

열심히 노력하는 것은 당연하지만 너무나 중요하다. 그렇다면 다른 것들은 무엇이 필요할까?

얼마 전 유행했던 재벌 집 막내아들에서 진양철 회장 역으로 다시 한번 뜨거운 연기력을 보여주었던 이성민 배우의 토크 콘서트를 십여 년 전에 다녀온 적이 있다.

사회자와의 대담 시간이 끝나고 질문 시간이 되었다. 발언권을 받은 학생이 내일 연극 영화과 면접이 있는데 조언을 부탁했다. 이성민 배우는 조금 뜸을 들이더니 천천히 마이크를 잡고 진짜 그 길로 가고 싶은지 다시 반문했다. 질문자는 그렇다고 이야기했고 이성민 배우는 다시 마이크를 천천히 입에 가져다 대며 신중한 목소리로 말했다.

"배우의 길은 진짜 힘들다. 신중하게 다시 생각했으면 좋겠다"

고 이야기했고 사회자가 그래도 내일 면접이라는데 좋은 말씀 부탁드린다고 하자

"지치지 마세요. 포기하지 않고 끝까지 가면 좋은 배우가 될 수 있을 것입니다."

라고 이야기하고 그날 참석한 모든 인원과 일일이 악수를 하고 행사를 마무리했다.

성공하고 싶은가? 어떤 자리에서 최고가 되고 싶은가? 강한 자가 살아남는 것이 아니라 살아남은 자가 강하다는 말이 있는 것처럼. 어떤 상황에도 능숙하게 대처하는 능력이 물론 필요하겠지만 넘어져도 다시 일어나는 힘, 포기하지 않는 힘이 없다면 끝까지 갈 수 없다.

오늘도 나는 완생으로 나아가는 길 어딘가에서 지치지 않고 끝까지 갈 것을 다짐하며 인생처럼 달콤 쌉싸름한 커피 한 잔과 함께 앞으로 나갈 길을 고민하는 시간을 가져 본다.

마광오의 글

그와 그녀의 시간

우리는 세상을 살아가며 삶의 의미를 어디서 찾을 수 있을까? 보람찬 인생 또는 갓생을 산다는 건 어떤 것일까? 시간을 쪼개어 바쁘게 또는 여유롭게 사는 이도 있듯이 삶의 형태와 모습은 너무나 다양하다.

지금부터 삶을 바라보는 관점이 다른 두 남녀의 이야기를 들려주려고 한다. 아무쪼록 그들의 이야기 속에서 내가 살아가는 삶의 모습들을 돌아보는 시간이 되길 바라본다.

#그의 시간

이른 아침 따스한 햇살은 아파트의 창문을 두드린다. 쏟아지는 햇살을 타고 따스함이 창문을 통과해 침실로 들어와 그의 머리맡 위에 놓인 시계에 와 닿는다. 그때 시계 알람이 울렸다. 언제나 그랬던 것처럼 시계는 정확한 시간에 그를 깨워준다. 너무나 자연스러운 그의 손길이 시계에 닿으며 알람은 꺼지고 그는 잠에서 깨어난다. 자리에서 일어나 샤워하고 출근 준비를 하며 언제나 그랬던 것처럼 대수롭지 않게 옷장에서 옷을 꺼낸다. 무심히 별거 아니라는 듯이 옷을 꺼내어 입는다. 주방으로 나가 빈 술병이 놓인 식탁을 지나 냉장고에서 사과 하나를 꺼낸다.

쓱쓱. 아무 어색함 없이 겉옷에 사과를 문지르고는 한 입 베어 문다 두 입 세입 과육에서 흘러나오는 과즙이 그의 입술을 적신다. 그는 그게 무슨 맛인지도 모른 채 그걸 생각할 필요도 없다는 듯이 한입 더 베어 물고는 쓰레기통에 앙상한 잔재를 던진다.

집을 나서 지하철역까지 걸어간다. 지하철역 안에는 오늘도 많은 사람이 있다. 등교하는 학생들, 그리고 아이를 업은 주부들, 그리고 어딘지 멀리 가는 것 같은 큰 캐리어를 든 가족들, 지하철은 언제나처럼 분주하다. 많은 사람이 왔다 갔다 한다. 그래도 그는 느긋하다. 아무리 사람들이 빨리 가도 본인의 페이스대로 느긋하게 걸어간다. 그리고 지하철이 오기를 기다리며 수많은 인파 속에 몸은 맡긴다. 지하철이 들어오고

문이 열리고 지하철을 탔다. 목적지에 도착할 때까지 그는 서 있다. 누가 무슨 얘기를 해도 관심이 없다. 어떤 사람이 타고 있는지 지하철 안을 살펴보지도 않는다. 그의 얼굴에는 아무런 생기도 즐거움도 또 기쁨도 슬픔도 아무런 감정이 없다. 그냥 지하철 안에 서 있을 뿐이다. 시간은 흘러가는 것처럼 보이지만 그에게선 그런 모습이 전혀 느껴지지 않는다. 그는 그저 지하철에 타 있을 뿐이다. 시간이 가는 것인지 지하철이 가는 것인지 그런 것에 신경 쓰지 않는다. 잠시 지금 어디인지 전광판을 한 번씩 쳐다볼 뿐 그는 사람들에게 신경도 쓰지 않고 그냥 서 있다.

지하철이 내릴 역에 도착하고 그는 지하철에서 내린다. 출근하는 인파들 속에 몸을 맡겨 그렇게 회사로 움직인다. 한 걸음 두 걸음 바삐 걷는 사람들 뛰어가는 사람들, 그 무리 속에 있어도 그는 느긋하다. 너무 느긋해서 아무도 그가 있는지조차 모를 그런 존재감으로 걸어가고 있다.

세상 속의 평온이 그런 느낌일까? 모든 사람이 다 바쁘게 살아가는데도 불구하고 그는 그런데 별로 관심 없다는 듯이 한 걸음 한 걸음 본인의 회사로 움직인다. 이윽고 다다른 회사 1층에서 그리고 엘리베이터를 타고 사무실까지 가는 그 시간 동안 그는 그냥 느긋하다.

그리고 사무실에 들어섰을 때 직원들은 그에게 인사를 한다.

'부장님 오셨어요.', '안녕하세요.'

그는 그냥 가볍게 묵례만 하고 아무 말도 하지 않고 그 자리로 간다. 자신의 자리에 앉은 그는 자연스럽게 하루 업무를 시작한다. 정해진 회의를 하고 사람들을 만나고 통화를 하고 그렇게 시간이 지나간다. 그렇게 점심시간이 되고 사람들과 같이 점심을 먹고 돌아온다. 커피를 마시겠냐는 직원의 말에 괜찮다고 이야기하고 먼저 사무실로 돌아온다. 사무실에 와서 자리에 앉아 시간이 가기를 기다린다. 점심시간이 끝나고 업무 시간이 시작되어 또 다시 일을 한다. 그렇게 시간은 흘러 퇴근 시간이 되었다. 그는 인사를 하고 사무실을 나섰다.

지하철로 걸어가는 그 길을 느긋하게 간다. 지하철을 타고 집으로 향한다. 아침과 마찬가지로 저녁에도 많은 사람과 분주한 인원이 있음에도 불구하고 그는 느긋하게 지하철에 서 있다. 지하철은 그저 그를 목적지까지 옮겨준다. 몇 개의 역을 지나든 그가 내릴 역이 몇 번째에 있든 개의치 않는다. 그에겐 별로 중요하지 않다. 그 지하철이 자기 집 가까운 역으로 데려가는 것만이 중요하다. 그렇게 그는 목적지에 도착하기를 기다리고 또 기다린다. 그는 지하철이 도착하고 역을 나와서 한 걸음 한 걸음 걷는다. 느긋하게 급한 거 없이 집으로 걸음을 옮긴다

문을 열고 집에 들어섰을 때 그를 반겨 주는 건 텅 빈 집안의 공허함과 차가운 공기밖에 없다. 한적함 그리고 어둠 그는 그 적막함을 지나 주방의 전등을 켜고 너무나 자연스럽게 옷을 벗어두고 냉장고에서 맥주를 한 캔 꺼낸다. 그러고는 맥주를 마신다. 주방에 오자마자 한 일은 맥주를 찾는 것이었고 그 맥주를 한 캔 다 마시고는 샤워를 한다. 샤워하는 동안 아무런 생각도 하지 않는다. 그냥 씻을 뿐 그리고 주방으로 와 냉장고 안을 살핀다. 그 안에는 술밖에 없다. 먹을 수 있는 것이라고 술과 물 그리고 과일 몇 개밖에 없다. 그는 냉장고 문을 닫는다.

침실로 들어가 침대에 기절하듯 엎드린다. 그리고 눈을 감는다. 잠시 후 그는 깊은 잠에 떨어진다. 조용하다. 컴컴한 방안 아무도 그를 찾지 않는 그 밤. 그 밤은 또 그렇게 흘러간다.

다음 날 아침 어김없이 해는 뜨고 햇살은 그의 창문을 가볍게 두드리고 그의 시계를 깨운다. 시계는 똑같이 알람을 울리고 그는 그 알람 소리를 듣고 잠에서 깨어난다.

똑같은 하루의 반복이다.

원래 그랬던 것처럼 원래 세상이 그렇게 돌아가는 것처럼 그의 삶은 그렇게 돌아간다. 바쁨이 없다. 텅 빈 집안, 텅 빈 마음, 텅 빈 감정 그는 계속 그렇게 살아간다.

#그녀의 시간

어두운 새벽 그녀는 잠에서 깨어난다. 그녀는 일어나 책상에 앉고 조명을 켠다. 새벽 4시, 그녀는 새벽에 일어나 다이어리에 오늘 일과를 적는다. 그리고 음악을 틀어놓고 책을 읽는다. 잠시 후 날은 밝고 나갈 준비를 하기 위해 샤워를 하고 내려와 어머니가 차려주신 밥을 먹고 집 밖을 나선다.

지하철까지 걸어가는 내내 이어폰으로 귀로는 영어를 듣고 입으로는 따라 한다. 지하철에는 많은 사람이 있다. 아침부터 어디를 그렇게 가는지 분주하게 그들은 움직인다. 그녀는 계속 영어를 되뇐다. 공부하고 또 공부한다. 지하철을 타고 도착지까지 갈 때까지 계속 그런다.

그녀가 도착한 곳은 집에서 한참 떨어진 문화센터이다. 그곳에서 생활 영어 강의를 한다. 강의하고 또 다른 곳으로 이동한다. 그곳에서는 사람들을 만나 점심을 먹고 북클럽 모임을 진행한다. 책을 읽고 책을 나누고 다른 사람들의 세상사는 모습에 관심을 가지고 그들과 이야기한다. 때때로 그녀는 울기도 하고 웃기도 하며 그들과 소통하고 감정을 공유한다.

모임이 끝나고 또 다른 곳으로 향한다. 그냥 그곳에서 수업을 듣는다. 바리스타 수업이었다. 그녀는 엄청나게 집중하여 열심히 실습하고 배운다. 그러고 나서 근처에서 간단히 김

밥으로 배를 채우고 저녁에 그녀가 아르바이트하는 카페로 간다. 아르바이트하는 내내 그녀는 미소를 잃지 않는다. 그리고 컴컴해진 밤 그녀는 길을 나서 지하철을 타고 집으로 향한다. 지하철 안에는 사람이 많지 않다. 공허한 지하철 안 그녀는 내내 책을 꺼내어 읽는다. 최근에 나온 자기 계발서다.

그녀는 따스한 집에 도착하고 샤워하고 나와 그날 하루에 있었던 일을 에세이 형식으로 노트에 옮긴다. 그리고 불을 끄고 잠이 든다.

다음 날 새벽 어두움 사이에서 그녀는 잠에서 깨어난다. 일어나 책상에 앉고 조명을 켠다. 새벽 4시에 일어나 다이어리에 오늘 일과를 적는다.

똑같은 하루의 반복이다.

원래 그랬던 것처럼 원래 세상이 그렇게 돌아가는 것처럼 그녀의 삶은 그렇게 돌아간다. 여유가 없다. 바쁜 마음, 바쁜 감정, 그녀는 계속 그렇게 살아간다.

#그와 그녀 만나다

태양이 뜨겁게 내리쬐는 점심시간, 그는 식사를 마치고 느긋하게 사무실로 향한다. 그의 회사는 관공서와 회사들이 밀접한 곳에 있어서 점심시간에 나오면 항상 분주한 거리의 모습을 볼 수 있다. 식사를 마치고 한 손에 커피를 들고 담소를 나누며 삼삼오오 걸어가는 이들이 많다. 회사에 거의 다다라 1층 입구로 들어가는데 한 여성이 바쁜 듯 허겁지겁 뛰어오더니 죄송하다고 말하며 그보다 앞서 건물 안으로 들어섰다. 그녀는 1층 안내 데스크로 향했고 그는 엘리베이터를 타고 그의 사무실로 올라갔다.

그는 2시가 되어 업무 미팅에 들어갔고 그 자리에서 그녀를 다시 만났다. 그녀는 컨설팅 업체 직원과 함께 온 프리랜서 통역가라고 소개했다. 업무 이야기를 나누고 그렇게 헤어져 나오는데 그녀가 먼저 말을 걸었다.

"좀 전엔 죄송했어요. 제가 급하게 들어온다고 많이 놀라셨죠?"

그는 괜찮다고 신경 쓰지 말라고 이야기하고 돌아섰다. 남의 사정에 관심을 두거나 귀 기울일 여유가 없었다. 설사 여유가 있더라도 그러고 싶지도 않았다. 그런 그의 마음을 아는지 모르는지 그녀는 더 밝은 목소리로 웃으며 다음에 뵙겠다고 인사하고 돌아섰다.

그 이후로 업무를 진행하며 몇 번 더 만났지만, 그는 그녀를 이해할 수 없었다. 모든 미팅 시간엔 한 시간 전에 도착해서 준비하기에 시간이 많이 남는데도 뭐가 그리 바쁘다고 뛰어다니고 어떤 자료든 빨리 주기를 바라고 여유가 없는 그런 그녀가 너무 이상했다.

나태, 오랜 직장생활이 가져온 삶의 습관인지, 의욕이 없는 건지, 그녀는 그런 그의 모습이 이상했다. 시간을 쪼개어 사는 그녀 입장에선 늘 느긋하다 못해 나태한 그의 모습이 너무나 마음에 들지 않았지만 이해해 보려고 노력하고 있었다. '그래 저 사람도 사정이 있겠지.'라는 생각하며 일을 진행했다.

그렇게 시간이 흘러 프로젝트의 마지막 날이 다가왔다. 일은 잘 진행되어 좋은 성과도 이룰 수 있었고 컨설팅 업체로부터 도움을 받은 부분도 잘 풀려서 마무리가 잘 되었다. 성과를 축하하기 위해 모인 자리를 첫 업무 미팅을 했던 장소에서 만났다.

그는 다른 일정이 있어 조금 늦게 회의실로 들어갔다. 이미 사람들이 와 있었다. 문을 열자 향기로운 커피 향이 났다. 그녀가 드립 커피를 만들고 있었다. 드립 포트와 기구들을 보고는 이게 다 뭐냐고 소리치고 싶었지만, 그냥 참았다. '굳이'라는 단어가 떠올랐기 때문이다.

그의 사무실 직원이 그를 보고 인사한다.

"부장님 어서 오세요. 여기 우리 통역사 선생님이 글쎄 바리스타 자격증이 있다고 하시네요. 여기 만들어 주신 커피예요. 맛 한번 보세요."

그는 부하직원이 준 커피를 가지고 자리에 앉는다. 그리고 그의 입에 커피잔을 가져간다. 레몬의 신맛이 그를 감싼다. 신맛 그리고 씁쓸한 맛, 그의 삶과도 너무나 닮아있는 그 맛, 그리고 꽃향기와 와인 향. 그는 커피를 좋아하지 않는다. 그러나 지금, 이 커피가 주는 그 자신의 인생과 닮아있는 신맛의 커피 맛과 향기가 너무나 좋았다.

그래서 다시 그녀를 바라본다. 그녀는 챙겨온 커피 도구들로 커피를 만들어 주기 여념이 없다. 드립 포트로 물을 데우고 뜨거워진 물을 드리퍼에 붙는다. 뜨거운 물이 곱게 갈린 원두에 닫자 그 향이 회의실을 한가득 채운다. 맛있는 향 그의 마음이 녹는다. 술이 아닌 커피를 마시며 그 향에 취해본 지가 언제였던가 그걸 다시 추억하게 된다.

사람들은 향기로운 커피 향 속에서 서로 인사했고 그녀도 그에게 다가가 그동안 고생하셨다고 인사했다. 그는 그냥 궁금해졌다. 그냥. 그녀에게 묻는다.

"바쁠 텐데 언제 자격증은 땄어요?"

하지만 그 말을 꺼내지 못한다. 아니 못했다. 속으로 깜짝 놀랐기 때문이다. 내가 언제 다른 이들의 삶에 관심을 가졌던가? 내가 언제 다른 사람에게 궁금증을 가졌던가? 기억이 나지 않는다. 속으로 웃음이 났다. 난 지금 무엇을 하고 있는가? 난 지금 어디에 있는가? 내 마음은 어떤 상태인가? 그녀는 이해하려 해도 이해할 수 없는 사람이었다. 하지만 그 커피 한

잔에 저 사람의 삶 안에도 내가 알지는 못하지만, 어떤 의미가 있는 건 아닐까? 그렇게 뛰어다니고 일찍 오고 시간을 쪼개서 사는 모습 속에도 내가 미처 알지 못하는 뜻이 담긴 건 아닐까? 하는 생각이 들었다.

그렇게 미팅은 끝났고 그들은 헤어졌다. 퇴근 후 그는 집으로 돌아가며 카페에 들러 그녀가 알려주었던 이름의 원두를 사고 대형마트에 들러 커피메이커를 샀다. 그가 집으로 돌아왔을 때 여전히 어둠만이 그를 맞았다. 현관에 들어서자마자 불을 켜 어둠을 몰아냈다. 샤워하고 나오자마자 커피를 내렸다. 드립 커피와 커피메이커가 내려주는 커피 맛은 다를 테지만 좋은 원두 향이 집안을 가득 채웠다.

그는 술이 아닌 커피를 마시고 잠이 들었다. 몇 년 만에 처음으로 술을 마시지 않고 잠이 들었다. 창문으로 들어온 달빛이 잠든 그의 얼굴은 비추었을 때 그의 표정은 평온했다. 그렇게 밤은 깊어져만 갔다.

#그와 그녀 다시 만나다

그와 그녀가 다시 만난 건 프로젝트가 끝나고 몇 달 뒤였다. 어느 날 그녀는 ESG 강의를 끝내고 건물에서 나오며 핸드폰을 봤는데 문자가 와 있었다. 문자에는 지난번 프로젝트로 알게 된 회사의 부장님으로부터 문자가 와 있었다. 문자는 지난번에 알려준 원두가 너무 좋았고 자기도 드립 커피 내리는 법을 배우고 싶다는 내용이었다. 배울 수 있는 곳을 알려주면 좋겠다고 하였다. 그녀는 잠깐 생각하는 듯하다가 시간이 맞으면 직접 알려주겠다고 답하고 지하철역으로 걸어갔다.

집에 도착해 보니 감사 문자와 함께 주말에 시간이 괜찮으면 연락 달라고 했고 그녀는 알겠다고 답하였다. 그녀는 어디서 어떻게 무엇을 알려주면 좋을지 고민하고 정리했다.

다음 날이 되어 그에게 답을 했다. 그렇게 그와 약속을 잡았다. 지인의 카페에서 실습하기로 했다. 그녀는 그곳의 기구들을 사용하여 그에게 드립 하는 방법을 알려주었다. 그녀는 그가 참 나태하다고 생각했기에 드립을 배우고 싶다는 의욕을 보였을 때 그에 대한 단순한 호기심으로 알려준다고 말했을 뿐이었다. 그렇게 두 시간 정도 실습하고 자리에 앉아 커피를 마시며 그와 이런저런 얘기를 했다.

그는 그녀가 여러 개의 자격증을 가지고 다양한 일과 강의를 하는 것이 놀라웠다. 그는 그녀에게 호기심을 나타냈다. 싫지 않은 호기심이었다. 사실 그도 자신을 너무 신기해하고 있었다. 누군가에게 호기심을 갖고, 뭔가 배우고 싶다는 희망이 생기고, 그리고 먼저 연락하는 행동이 그에게는 꿈만 같은 일이었다. 아니 상상 속에서도 한 번도 해본 적 없는 그런 일이었다.

그렇게 인사하고 헤어졌다. 카페에서 구매한 도구들을 한 손 가득 들고 있었다. 집으로 돌아가는 지하철 안에서 실습해 보고 더 배울 것은 나중에 만나서 알려주겠다고 약속한 그녀를 떠올린다. 지하철을 타고 가며 주위 사람들을 둘러본다. 자신을 돌아보며 놀란다. 무언가를 배우고 싶어 한 감정이 일어나고 누군가에게 부탁하는 자신의 모습이 새삼스럽게 놀랍다. 그렇게 그는 집으로 돌아간다.

그녀가 집에 도착했을 때쯤에 그에게서 문자가 온다. 정말 고마웠고 다음에 또 기회가 되면 다른 방법들을 보고 배웠으면 좋겠다는 얘기였다. 그녀는 바쁜 일정이지만 그를 위해 시간을 할애한 게 참 잘했다는 생각이 들었다. 그가 지금까지 보여준 행동과는 다른 행동을 하여 당혹스럽다기보다는 그의 열정이 대단하다고 생각했었다. 첫인상은 참 나태하다 느꼈는데 오늘 보니 그는 참 열정적이었고 커피에 진심이었고 집중하기 위해 노력하고 있었다. 그녀는 오늘 하루를 다이어리에 정리했다. 오늘 일과 중 그에게 커피 드립 하는 방법을 알려준 게 가장 보람찬 일이라 생각했다. 이후에 그녀는 커피 수업 때문에 그를 몇 번 더 만났고 그렇게 또 몇 달이 흘러갔다.

그녀가 그를 다시 만나게 된 건 몇 달이 흘러 통역이 필요하다는 연락을 받고 나서였다. 원계획은 지방에 가서 바이어를 만나기로 되어 있었고 통역도 다 준비했지만 통역사에게 갑자기 사정이 생겨 사람을 구하게 되었고 그녀가 생각났다고 이야기했다. 그래서 일정만 맞으면 도와주지 않겠냐고 얘기했고 그녀는 수락했다. ktx를 타고 지방까지 내려가는 길에 업무에 대한 간단한 브리핑이 적혀있는 보고서의 내용을 읽었다. 출발하기 전 미리 들었던 내용과 큰 차이는 없었기에 가벼운 마음으로 그 내용을 읽어 나갔다.

역에서 내려 숙소에 가기 위해 택시를 탔다. 그는 눈을 감고 앉아 있었고 그녀는 바깥 풍경을 구경하고 있었다.

끼익 쿵.

갑자기 차는 멈췄고 그는 택시 기사보다 먼저 내렸다. 횡단보도를 지나가는데 어떤 아이가 갑자기 도로에 뛰어들었고 택시 기사는 급하게 멈추었으나 사고가 나고 말았다.

그는 뛰어가 그 아이의 상태를 살피고 정신을 차리고 있는지 확인했다. 그리고 택시 기사에게 119에 전화하라고 이야기했다. 잠시 후 도착한 구급대원이 확인했을 때 아이는 타박상만 입은 것으로 확인되었다. 혹시 모르니 병원에 가서 검사받아야 한다고 하였고 아이는 구급차를 타고 병원으로 갔다.

현장이 정리되고 숙소에 도착해서 짐을 풀었고 저녁 시간이 되어 바이어를 만나러 나갔다. 미국에서 온 바이어와 함께 이야기를 주고받으며 그녀는 성실하게 통역했다. 바이어는 상당히 유쾌했고 그녀도 가벼운 농담으로 가끔 분위기를 띄우며 좋은 분위기 속에서 협상은 잘 끝났다. 바이어는 흡족한 표정이었고 그 자리에서 사인을 하고 바이어와 헤어졌다. 그리고 그가 본사에 연락하는 것으로 모든 일정은 끝이 났다.

마광오의 글

#그와 그녀의 마음

협상은 잘 끝났고 그는 그녀에게 수고했다고 말하고 방으로 돌아가려고 했다. 그녀는 그를 붙잡았다.

"혹시 커피 한잔하실래요? 저 이 근처에 있는 맛있는 카페 알아뒀어요."

그는 그녀가 언제 검색까지 해 두었는지 궁금해하며 동의했고 그녀와 함께 카페까지 걸어갔다. 카페에서 이런 얘기를 이런저런 얘기를 하다가 그녀가 이런 말을 했다.

"실례가 될 수도 있는데 낮에 택시와 아이가 사고 났을 때 부장님의 행동은 지금까지 제 본 모습 중에 가장 빠르고 민첩하셨어요. 저는 부장님이 수동적인 사람이라고 생각했었거든요."

그는 미소를 지으며 말을 꺼낸다.

"저도 우리 통역사님이 늘 바쁘고 시간이 많이 남았는데도 막 뛰어다니는 모습을 보고 성격이 급하다고 생각했는데 구급차가 올 때까지 그 아이와 대화하며 꼼꼼하게 돌보는 모습을 보니 참 다정다감하고 배려심이 강하다고 생각했어요."

그녀는 희미하게 웃었고 그는 미소를 짓는다. 잠깐의 정적 이후 그녀가 먼저 입을 연다.

"저 먼저 말씀드릴게요. 왜 그렇게 바쁘게 사냐는 질문은 많이 들어요. 그럴 때마다 이런 얘기를 들려 드리는데 개인적인 얘긴데 들어 보실래요?"

그는 고개를 끄덕인다.

"혹시 이렇게 있다가 죽겠다는 생각 드신 적 있으세요?"

순간 그의 얼굴에 근심이 스쳐 지나간다.

"저는 20대 초반에 많이 아팠어요. 병원을 여러 군데 다녔는데 왜 그렇게 되었는지는 모르지만, 심장이 원인이라고 했어요. 마지막으로 진료받은 유명하다는 대학병원 교수님께서 심장 이식밖에는 답이 없다고 했고 그렇게 기다릴 수밖에 없었어요. 사실 순서를 기다리는 것은 죽음을 선고받고 하루하루 그렇게 죽어가는 느낌이었어요. 남은 한순간 한순간이 너무나 소중하다기보다는 지옥이었어요. 그때 성격이 참 많이 바뀌었던 것 같아요. 좋은 쪽으로도 나쁜 쪽으로도 그전까지는 참 소심했었는데 내가 죽는데 사실 못 할 말이 어디 있을까? 어떤 일이든 할 수 없을까 그런 생각이 들었어요. 그래서 진짜 나중에는 절박함에 기도도 하게 되더라고요. 저는 사실 종교도 없어요. 진짜 전능하신 분이 있다면 심장 이식 순서가 빨리 돌아와 건강한 삶을 찾고 싶습니다. 만약 그렇게 해준다면 제 남은 시간은 정말 열심히 허투루 쓰지 않겠습니다. 공부하고 그걸 배워서 남을 위해 쓰고 제가 필요한 곳이 어디든지 달려가겠습니다. 그렇게 매일 매일을 기도했었어요."

그녀는 그렇게 기도하며 기다려 심장 이식에 성공했고, 그 이후로 지금까지 열심히 살고 있다고 했다.

"다른 이들의 눈으로 봤을 때는 잠도 안 자고 공부하고 일하고 봉사하는 모습이 이해가 안 될 수도 있어요. 제가 회복하지 못하고 이 세상에서 사라져 버렸다면 지금 이 순간을 살아가고 있는 저의 시간도 없었겠죠. 지금, 이 시간은 누군가가 저에게 준 선물이라고 생각해요. 못다 한 그 사람의 삶을 내가 대신 살자. 그리고 다른 사람에게 선한 씨앗을 뿌리자 그래서 열심히 살고 있어요."

그녀를 커피를 한 모금 마시고 이야기를 이어간다.

"그런데 상당히 늦게 물어보신 거예요. 한두 번만 저를 만나신 분도 저한테 왜 그렇게 열심히 사냐고 물어보세요."

그리곤 살짝 미소 짓는다. 그는 무슨 말을 할까 몰라 가만히 그녀를 쳐다본다. 그녀는 웃으면서 괜찮다고 아무 말 안 해도 된다고 이야기한다.

"사실 저는 부장님이 자와 달리 느긋하고 느리다고 생각했어요. 하지만 이끼 사고 때 보니 제가 섣불리 판단했나 봐요. 죄송합니다."

그러자 그가 천천히 입을 연다.

"괜찮아요. 그리고 혹시 실례가 안 된다면 호텔 라운지에서 맥주 한잔하시겠어요?"

그녀는 알겠다 했고 둘은 카페를 나와 숙소로 돌아가 라운지 바에 올라갔다.

그녀는 술을 먹지 않는다고 해서 그녀는 무알코올 서퍼시퍼를 그는 시원한 생맥주 한 잔을 주문했다. 술이 나오고 그가 맥주를 먼저 마셨다. 그리고 무슨 사랑 고백이라도 하는 사람처럼 비장한 표정으로 말을 꺼냈다.

그는 오래전 결혼했었고 둘은 너무 사랑했고 행복했지만, 교통사고로 아내가 죽었다 했다. 응급처치가 조금만 더 빨랐더라면 살 수 있었을 거라고 그래서 교통사고 현장을 쉽사리 지나치지 않는다고 했다. 그게 벌써 10년 전 일이고 그때 이후로는 그의 삶은 완전히 망가졌고 살아갈 의욕도, 삶의 의미도 없었다고 했다. 매일 술을 마셨고 다른 그 어떤 것에도 관심이 없었다고. 회사에서의 승진에도 별로 관심이 없이 주어진 일만 하다 보니 다른 동기들이 임원이 되는 동안 그는 계속 부장이었고 의미 없이 그냥 하루하루 살아가는 그런 삶이라고 했다. 사람을 만나지도 않았고 어떠한 인연도 맺지 않고 10년을 살아 있는 시체로 살았다고 얘기했다.

그 이야기를 듣는데 갑자기 그녀는 눈물이 흘렀다. 그녀는 너무 안타까웠다. 그가 안쓰러웠고 그에게 어떤 말로 위로를 해주어야 할지 알지 못했다.

'삶과 죽음'

그 행복했던 부부가 계속 함께 살았다면 어땠을까? 그러면 지금쯤 예쁜 아이를 낳고 예쁜 가정을 이루었을 텐데 하는 생각은 생각의 꼬리를 물었다. 부인이 살아 있었다면 한 가족의 어머니가 되고 예쁜 가정을 이루었다면 참 좋았을 텐데, 삶과 죽음 그 끝자락에서 운명이 갈리는 건 너무나 슬프고 아프다는 생각이 들었다. 그래서 그녀의 마음이 너무 힘들었다. 그녀는 그에게서 느낀 나태의 범인을 찾았고 그를 위해 어떤 일을 해줄 수 있을까 계속 생각했다.

그때 그가 이야기한다

"갑자기 깊은 얘기를 해서 미안해요. 분위기를 심각하게 만들 의도는 없었어요."

그녀가 이야기한다.

"아니요. 괜찮아요. 듣고 나니 부장님이 조금은 이해가 되는 것 같아요. 제가 무슨 말을 한다 해도 위로가 되지는 않겠지만 부장님을 응원할게요. 그리고 제가 알고 있는 것 중에 부장님이 배우고 싶은 게 있으면 알려드리고 싶어요. 그래서 조금이라도 살아갈 재미를 찾으셨으면 좋겠어요"

그러자 그가 희미한 미소를 짓는다. 그리곤 그녀처럼 그거 다 배우려면 시간이 아주 부족할 것 같다고 이야기하고 희미하게 웃는다.

그녀는 오늘은 그가 웃는 모습을 자주 보여 마음이 또 찡하다. 그가 이어서 말한다.

"시간이 많이 늦었네요. 오늘 그만 헤어지고 내일 다시 만나서 같이 출발해요"

"네. 제가 어떤 걸 알려드릴 수 있는지 제가 무엇을 하고 어떤 자격증이 있는지 정리해서 한번 드릴게요."

그녀의 이야기에 그가 웃으며 먼저 들어가라고 했다. 그녀가 떠나고 맥주 한 잔을 더 주문한 다음 생각에 잠긴다, 그는 거의 10년 만에 자신의 속마음을 처음으로 털어놓게 한 그녀에게 묘한 매력이 있다고 생각했다. 새로 주문해서 나온 맥주를 바라보며 그는 또 생각에 빠져든다.

그녀는 돌아와 다이어리에 오늘 일정들을 정리하고 자신이 잘 할 수 있는 일들의 리스트를 노트북으로 작성하고 저장했다. 그녀는 내일이 되면 이것을 전해줘야겠다고 생각하며 깊은 잠 속으로 빠져들었다.

#나를 성장 시키는 삶

우리는 세상을 살아가며 여러 가지 삶의 방식을 배운다. 책에서도 경험에서도 여러 가지 이야기에서도, 타인과의 대화 속에서도 배운다.

여러분이 살아가는 삶의 방식, 삶의 목적을 결정한 계기는 무엇인가?

여러분은 지금 어떠한 삶을 살고 있는가?

왜 여러분은 그 삶을 살고 있는가?

오늘은 시간을 내어 여러분이 삶을 살아가는 방식, 삶을 보는 태도를 결정한 사람 또는 그런 책, 그런 글 하나가 있다면 한번 생각해봤으면 한다.

사람은 태어나고 살아가고 죽는다. 태어나는 순간 인생이라는 화살을 쏜 것처럼 날아간다. 화살이 물체에 박혀 멈추거나 가면서 힘이 없어 떨어질 때 그 인생이 끝난다. 손에서 떠난 화살은 끝이 있다. 우리 삶도 끝이 있다. 손에서 놓는 순간 이미 끝은 결정되어 있다. 지구가 무중력이 아닌 이상 그 화살은 언젠가 떨어진다. 우리 삶이 화살이라고 할 때 우리 삶이 멈추는 그 날이 언제일지 알 수 없다. 빨리 떨어질지 저 멀리가 떨어질지 알 수 없지만, 남은 시간 동안 조금만 더 나를 위하는 삶을 살았으면 어떨까 생각해 본다.

여러분이 남은 시간 살아가는 날 동안 세상의 다른 어떤 것이 아닌, 좀 더 당신 자신을 중심에 둔 주인공으로 살아가는 삶을 살기를 응원한다.

마광오의 글

포모 증후군을 아시나요?

FOMO는 자신만 흐름을 놓치고 있는 것 같은 심각한 두려움 또는 세상의 흐름에 자신만 제외되고 있다는 공포를 나타내는 일종의 고립공포감을 뜻하며 'Fear Of Missing Out'의 약자이다.

원래 포모(FOMO)는 제품의 공급량을 줄여 소비자를 조급하게 만드는 마케팅 기법이었다. '매진 임박', '한정 수량' 등이 포모 마케팅의 한 예이다. 포모가 질병으로 취급되기 시작한 것은 2004년 이후의 일인데, 하버드와 옥스퍼드대학에서 포모를 사회병리 현상의 하나로 주목하며 수많은 논문이 나왔고 미국에서는 50%가 넘는 성인이 포모 증세로 고통을 겪고 있다는 통계도 있다고 한다. (출처 시사상식사전 저자 PMG

지식엔진연구소 제공처 박문각) 포모. 뭔가 지금 당장 해야 할 것 같은 느낌. 일상생활 속에서 보통 홈쇼핑 시간에 우리는 그런 마음을 많이 느끼게 된다. 마감 임박, 다시는 없을 구성 그런 마법의 단어로 우리를 유혹한다. 멀리 떨어져서 바라볼 때는 가볍게 '열심히 살고 있네.'라고 말하게 되는 주변 사람들이 있다. 하지만 자기계발을 시작하고 가까이서 그들을 바라보면 그들에 비해 내가 이루어놓은 성과는 너무나 부족해 보이고 초라해 보인다.

그래서 나도 그 시점부터 자기계발에 시간을 더 투자했다. 새벽 4시에 기상하고 자정에 잠들 때까지 회사 일, 많은 강의와 소통까지 하루에 4시간 정도만 자고 그 모든 일들을 해왔다. 그런 와중에 자격증 공부와 북클럽 활동, 합창단의 일원으로 대구 라이온즈파크에서 야구 시합 시작 전 애국가 제창도 했었다.

가만히 있으면 쓰러질 것 같은 그런 느낌을 느껴본 적이 있는가? 우리 인생을 자전거 타기에 비유해 본다면 발을 페달 위에 올리기만 하고 페달을 밟지 않고 균형을 잡는 데만 신경을 쓴다면 그 자전거는 넘어질 것이다. 자전거가 넘어지지 않게 하기 위해 온 힘을 다해 균형을 잡고 페달을 밟는다. 자전거를 타며 넘어지지 않기 위해 애쓰는 것처럼 우리 인생이 넘어지지 않게 하기 위해 열심히 살아간다.

가끔은 평지나 내리막길에서는 페달을 놓아도 자전거는 앞으로 나아갈 수 있다. 하지만 내가 지금 있는 현실은 오르막이라고 생각하기에 쉴 수가 없다. 삶의 태도와 인식에서 지금 내가 살고 있는 현실이 평탄하거나 쉬운 길이라고 생각한다면 노력하지 않을 것이다. 하지만 나는 지금 내가 살고 있는 세상과 사회가 그리고 겪고 있는 상황이 힘을 내어 한 발 한 발 올라갈 때라고 생각하기에 열심히 페달을 밟고 있다. 그렇기에 쉼, 느긋함, 여유라는 단어는 내 마음속에 집어넣을 자리가 없다. 어떤 삶의 방식이 맞고 틀리고를 논할 수 없으나, 자기에게 맞는 방법은 분명히 있다.

포모는 결국 우리의 생각 안에 있다. 홈쇼핑에서 아무리 마감 임박이라고 얘기해도 그 제품이 나에게 필요 없으면 사실 조급증을 느낄 수가 없다. 내게 아이가 없다면 학습지 광고를 보고 조급해하지 않을 것이다. 내가 운동에 전혀 관심이 없다면 운동기구를 보고 조급해 하지는 않을 것이다. 또는 차를 산 지 내가 얼마 되지 않았는데 렌터카 광고를 한다고 해서 내가 마음이 혹하거나 동하지는 않을 것이다. 결국 내 마음이 문제다. 그런데 어려움은 자기 계발 세상에서 열심히 살아가는 사람들 옆에 있다 보면 그게 안 된다. 그들이 가지고 있는 건 나한테 필요한 것처럼 보이기 때문이다.

원 씽, 원 드림, 그중에 가장 나에게 맞는 하나를 골라야 하는데 남들이 하는 활동들이 나에겐 너무나 커 보이고 다 필요해 보인다. 그래서 그게 힘들지라도 계속 안고 간다. 어떤 자기 계발 유튜버가 이런 이야기를 했다고 한다. 나는 지금 경운기를 가지고 있는데 좋아 보인다고 해서 제트기 엔진을 사 와서 경운기에 달면 어떻게 될까? 무용지물일 것이다. 성능도 발휘 못 하고 비싼 값만 치를 뿐이다.

아무리 좋은 것이라도 적재적소라는 게 있다. 다른 이에게 좋은 것이 내게도 좋은 것인가? 하면 그것도 아니다. 나는 다른 이들이 디지털 튜터 자격증을 딴다고 하니 따라 공부하고 그린플루언서 자격증을 공부한다니 따라갔다. 웹3.0 세상이 온다니 또 따라간다. 그렇게 내가 진정으로 원하는 것이 무엇인지도 모른 채 그냥 따라갔다.

하지만 이제는 달라져야 하지 않을까? 시간과 자원은 한정되어 있다. 결국엔 내가 하고 싶은 일을 명백히 알고 가는 것이 중요하다. 포모에 침식당하다 보면 내가 잘하는 것도 못하게 되고 종국엔 내가 좋아하는 것도 못 하게 된다. 그렇게 살아가다 보면 내게 남는 건 남들이 다 하는 것만 남을 것이다.

이제는 남들과 다른 것, 유니크한 것을 개발할 때가 왔다. 사촌 중에 팔로워 7만 명을 보유한 인플루언서가 있다. 사진을 꼭 스튜디오에서 찍은 것처럼 참 멋지게 찍는다. 그는 어디에서 사진을 배운 적도 없고 배우고 싶지도 않다고 했다. 사진을 배우면 누군가의 아류가 되는 것 같아서 싫다고 나만의 개성적인 사진 기법으로 성공하고 싶다고 하였고 그 역사를 써 가고 있다.

'모방은 창조의 어머니이다'라는 말이 있다. 이 세상에 완전무결하게 독창적인 것은 없다. 모든 일의 시작은 배움이고 그때는 모두 다 초보다. 거기서 나만의 개성으로 발전시켜 나가야 한다. 부디 여러분은 저처럼 남이 하는 모든 것을 다 하려고 하지 않았으면 한다. 누구에게나 주특기가 있고 잘할 수 있는 것이 있기에 자신에게 딱 맞는 것을 찾아 계속 걸어 나갔으면 좋겠다.

마광오의 글

독서의 끝자락에서 만난 '글쓰기'라는 선물

내가 사는 원주에는 다양한 소모임들이 있다. 독서, 영화, 걷기, 그림, 운동 등 저마다의 취향과 선호를 따라서 사람들이 모이고 있다. 코로나 19로 인해 모든 것이 재택근무 되어 가던 시기, 조금 여유로워진 틈을 타서 나는 도서관에서 진행하고 있는 문예 창작 모임의 문을 두드렸다. 40여 년간 수필을 써 오신 문해영 선생님이 인도하시는 글쓰기 반이었다. 수필을 잘 알지는 못하지만, 글쓰기를 배우고 싶은 마음에 나는 한 학기 동안 성실히 모임에 참여했었다.

모임을 시작한 지 중간을 넘어서니 선생님은 글을 한 편씩 써 올 것을 독려했다. 회원들이 써 온 글에 대해서 일일이 첨삭을 해 주시며 전반부에 배운 글쓰기 이론을 어떻게 적용하는지 그 실제를 알려 주셨다. 마스크를 쓰고 수업을 들어서 수업이 끝나가도록 서로의 얼굴도 잘 모른다. 밥 한번 먹을 기회가 없었기에 아직 회원들과도 서먹하다.

그러나 수필은 자신의 일상을 열어 보여야 한다. 아직 친밀도가 낮은 학우들 앞에서 글을 통해 내 삶의 일부분을 공개하는 것이 부끄럽고 내키지 않아 끝까지 글을 내지 않았었다. 그런데 학기가 거의 끝나갈 무렵, 도서관에서 우리 글들을 모아 책 출간을 지원해 준다는 소식을 전해 왔다. 모두가 어떤 결과물이 주어진다는 것에 동기부여가 되어서인지 회원들뿐 아니라 나 또한 글 세 편을 한꺼번에 몰입해 써 내었다. 이렇게 문집 느낌의 공저를 출간함과 동시에 '원주 수필 문학회'가 만들어졌다.

이어서 몇 년 전부터 버킷 리스트 중 하나였던 나의 첫 개인 저서를 출간하게 되었다. 책을 출간하고 나니 시간이 오히려 조금 여유로웠다. 인스타를 살펴보다가 '원주 독립 출판 교류회' 모임이 눈에 띄었다. 예전에 마음은 있었지만 일이 많아 미처 참여하지 못했던 모임이었다. 이미 수필 쓰기 모임에 참여하고 있었지만, 책을 출간해 보니 '책'이라는 물건을 만드는 과정에도 관심이 생겨서 개인적으로 공부하고 있었다. 그래서 독립 출판물을 내는 지역 분들과도 교류해 보고 싶은 마음에 성큼 문을 두드렸다.

수필 모임은 방학을 제외하고 매주 모이며, 나보다 조금 연배가 있으신 오, 육십 대 여성분들이 많으시다. 그러나 독립 교류회에 소속되어 있는 분들은 한 달에 한 번 만나기 때문에 모임도 느슨하고 나보다 젊은 분들이 더 많았다. 속한 연령대의 비중이 다르다 보니 분위기도 사뭇 다르다. 우선 나누는 대화의 주제가 다르다. 수필 문학회의 회원 한두 분과 이야기하다 보면, 그분들의 부모 이야기를 많이 듣게 된다. 오, 육십 대 분들의 부모이시니 여든이 훨씬 넘으셨고, 그러하기에 자식의 돌봄을 절실히 필요로 한다. 그들의 이야기를 들으며 나와 내 가족의 미래를 상상해 보기도 했다.

독립 출판 교류회 회원들은 젊은 엄마, 비혼, 기자, 프리랜서, 북카페 책방지기, 전업주부 등 처한 환경도 고민도 각기 다양했다. 쓰는 언어도 매우 젊었다. 솔직히 첫 모임 때는 줄임말을 많이 써서 못 알아듣는 말도 종종 있었다. 이들은 한 학기에 하나의 주제를 정해 독립 출판물을 내고 있었다. 책을 만들고 나서 출간 기념회도 그들만의 방식으로 소소하지만 재미있게 하고 있었다.

독립 출판물에는 ISBN이 붙지 않는다. ISBN은 각 도서에 붙여지는 고유 번호이다. 독립 출판물은 ISBN이 붙지 않지만, 출판사 눈치를 보지 않고 자신이 원하는 형식과 내용을 마음껏 담아 책을 만들 수 있다는 것이 매력이다. 자유로운 글쓰기가 가능하다. 투고라는 고된 인내의 시간도 필요 없다. 오롯이 자신의 취향이 담긴 글을 마음껏 써서 원고를 제출하기만 하면 된다. 일반 서점에서는 거래되지 않는 책을 내지만, 글을 쓰고자 하는 사람들이 모인 작지만 느슨한 모임이 왠지 끌린다. 더욱이 같은 지역에 살면서도 다른 시간대의 삶의 여정을 걷고 있는 이들의 이야기들을 접할 수 있다는 점이 나의 호기심을 자극한다. 지금은 독립 출판물도 사업자등록을 내서 ISBN도 발급받아 판매하고, 독립 출판 커뮤니티를 통해 유통에 대한 문제를 해결하기도 한다.

오랜 시간 읽고 또 읽기만 하다가 낸 첫 개인 저서는 지금의 나를 만들어 준 '독서 여정'을 담은 책이다. 힘들고 주저앉고 싶을 때마다 책 속 문장을 의지하며 지금까지 왔다. '독서'는 내게 많은 것을 가져다주었다. 늘 눈치를 살피며 열등감에서 허우적거린 아이였던 나를 나만의 생각과 자유를 챙길 줄 아는 주체적인 어른으로 살아가게 해 주었고, 변화의 파도 속에 여전히 흔들리고 흔들리지만, 언제든 피신할 수 있는 든든한 바위 같은 안정감을 가져다 주었다.

그리고 그 독서의 끝자락에서 이제 '글쓰기'라는 선물을 만났다. 나는 원래 글을 쓰는 사람이 아니었다. 글쓰기를 좋아하지도 않았다. 그저 강의를 위해서 완성되지 않는 글들을 써

왔을 뿐이다. 그런데 힘들고 포기하고 싶을 때마다 책 숲을 헤매다 보니, 어느 순간 나도 모르게 글이라는 것을 끄적이고 있었다. 여전히 글쓰기는 두렵고 낯설다. 그런데도 이제 매일 책을 읽지 않을 수 없듯이 글을 쓰지 않을 수 없게 되어 버렸다. 오늘도 난 '왜 글쓰기를 포기할 수 없는가?'를 스스로 묻지만, 이 이유를 책 속 한 문장에서 또 발견한다.

"삶에서 글이 태어나고, 글은 삶을 어루만진다."

-《글의 품격》(황소북스, 2019) 중에서

그렇다. 글은 허공에서 우연히 생겨나지 않는다. 살아온 삶에서 저마다의 고유한 글이 태어난다. 삶을 정갈하게 만들어 온 사람의 글은 단정할 것이다. 거칠게 삶을 다루어 온 사람의 글은 울퉁불퉁할 수 있다. 그렇게 태어난 글을 다듬다 보면 삶도 다듬어진다.

기록한다는 것은 내 삶을 시각화하는 것이다. 무형과 같았던 삶이 어느 순간 눈앞에 드러난다. 더 이상 감출 수 없다. 때론 발가벗은 임금님이 된 것처럼 부끄러워 도망치고 싶다. 내 속살이 드러난 거 같아 어디론가 숨어들어 가고픈 심정이다. 쓴 대로 살아가려니 더 이상 삶을 함부로 살 수도 없다. 삶과 글이 다른 사람도 있지만, 나는 완벽해서 글을 쓰는 것이 아니라 글을 쓰면서 그 괴리를 좁히려고 노력한다. 글 속에 삶을 감출 수도 있지만, 언젠가는 들통나고 말 일이다.

빈 여백에 감정이든 생각이든 다 쏟아 낸다. 그렇게 세상에 드러난 글은 처음은 너무 작고 초라하다. 헤밍웨이는 "모든 초고는 쓰레기다."라고 말했다. 날 것 그대로의 초고를 보며 내 삶을 가만히 들여다본다. 나도 미처 인지하지 못하고, 알아주지 못했던 숨겨진 생각과 감정이 하나 둘 튀어 나온다. 그동안 내 존재 어딘가에서 불러 주지 않아 숨죽여 있던 존재들이 이제야 단어로 쓰여 숨을 쉬고 있다. 단어와 문장 속에 드러난 나의 모난 생각과 상처받는 마음을 나는 가만히 들여다 본다. 미안하고 안쓰러운 마음이 든다. 이 과정은 일상의 작고 큰 감정의 파도 속에서 다시 아무렇지 않게 살아갈 힘을 나에게 가져다준다. 그렇게 글과 삶은 서로 선순환하며 서로를 돕는다.

따로 또 함께하는 글쓰기

좋은 것은 나 혼자만 간직할 수 없다. 나는 북클럽에서도 토론만 하지 않고 마무리는 짧게라도 늘 글쓰기로 마친다. 이것도 성에 차지 않아서 글쓰기 모임을 만들어 버렸다. 공저 쓰기와 책 쓰기 과정, 그리고 좀 더 기초 과정을 담은 글쓰기 초보반을 말이다. 낮은 수치의 독서통계률를 보면, 책을 읽자고

권하는 것만으로도 할 일이 많은데, 글도 함께 쓰자며 이런 저런 모임을 꾸려 나가다 보면 '내가 너무 욕심을 부리고 있나?' 하는 생각도 해 본다. 그러나 이제 무엇을 해야겠다는 전략과 계획보다는 순간순간 내 안의 열정을 쫓아 자연스럽게 살기로 했다. 내 삶을 잠식하지 않을 정도로만.

무엇보다 사람들에게 글 쓰는 기쁨을 나누고 싶었다. 글쓰기 모임에서는 글쓰기 강의뿐 아니라 함께 글 쓰는 시간을 꼭 포함한다. 그 시간에 나도 글을 쓴다. 혼자도 쓰지만, 함께도 쓴다. 온라인 네모난 화면에서 조용히 글을 쓰며 고뇌하는 모습을 보는 것 또한 나의 작은 기쁨이다. 글 쓰는 분들은 떨리는 두려움으로, 미심쩍은 의심으로 마치 새로운 모험을 하는 것처럼 한 자씩 적어 가지만 그 과정을 통해서 어떻게 자신을 새롭게 발견해 갈지 그 모습을 바라보는 나는 기대가 넘친다.

최근 나의 직함은 하나 더 늘었다. 첫 책을 쓸 때만 해도 SNS에 독서운동가라는 해시태그만 붙였다. 지금은 글쓰기 운동이나 글쓰기 코치라는 태그를 하나 더 붙인다. 그뿐만 아니라 읽든 쓰든 혼자보다 '함께'를 추구하며 강조한다. 과정이든 결과물이든 함께할 때 그 기쁨은 배가가 된다. 그래서 또 이런 해시태그를 붙인다. 책 읽는 공동체, 글 쓰는 공동체. 읽고 쓰는 공동체. 지금도 이 글을 온라인 글방에서 쓰며 다듬고 있다. 내가 사는 원주에도, 온라인 곳곳에도 읽고 쓰는 분들이 더욱 많아졌으면 좋겠다. 나이 들어감에 따라 책 친구뿐 아니라 글 친구도 많아졌으면 좋겠다.

변은혜의 글

두 번째 꿈을 응원합니다

소비하는 독서 말고 생산하고 창조하는 작가 되기

어느 순간부터 나는 소비만 하고 결과물이 없는, 그리고 소통하지 않은 독서에 허무함을 느꼈다. 나 홀로 읽고 행복을 누리는 것이 진정한 행복이 아님을 발견했다. 채워진 행복은 나누지 않으면 고인 물이 썩듯이 썩고 만다. 그래서 약간의 공허함을 느꼈나 보다. 이제는 소비만 하는 독서가 아닌, 성실한 기록자로 살아가고 싶다. 공부한 것을 글로 엮고 재창조해서 사람들에게 메시지를 전하는 작가로 말이다.

왜 나는 계속 글을 쓰고 싶을까? 글 쓰는 삶의 의미를 제대로 알고나 있는 걸까? 대단한 문장가도 문학가도 되려는 마음은 없다. 나에게 그런 재능은 없음을 익히 알고 있다. 지금, 이 글을 쓰면서도 그 이유를 다시 곰곰이 생각해 본다. 글을 쓰고 있는 순간, 내가 살아가야 할 이유와 어떻게 살아야 할지에 대한 사고를 멈추지 않게 된다. 기록하면서 스스로 질문을 멈추지 않고 나만의 의미를 만들어 갈 수 있다. 그렇게 발견된 의미는 내 존재를 충만히 하고 살아갈 원동력을 제공한다. 그렇게 글을 쓰는 삶을 산다는 것, 작가가 된다는 것은 나를 살리는 길이다.

한편 작가라는 이름에는 권위가 있다. 권위가 있다는 것은 영향력이 있다는 것이고 작은 책임감이 있다는 말이기도 하다. 누군가에게 메시지를 나눠 줄 수 있는 위치에 서게 된다. 저자가 차고 넘치는 세상이라 내 글이 누군가에게 닿는 길은 쉽지 않겠지만, 적어도 내 글을 읽는 독자들에게는 말이다.

작가는 누군가의 삶에 보이지 않는 의미를 알려 주어 정신을 풍요롭게 해 준다. 의미와 정신이 무너지면 나머지도 무너지게 된다. 몸은 살아 있으나 그리 행복하지 않게 된다. 현대인들에게 우울증과 불면증이 빈번히 생겨나는 한 가지 이유는 내가 살아가야 할 이유를 모르기 때문이기도 하다. 존재 이유를 찾는 글쓰기는 나를 살릴 뿐 아니라 그 글을 읽는 이 또한 살리는 길이다.

글을 쓰는 사람은 누구나 작가라는 말이 있다. 그러나 글에도 사적인 글이 있고 공적인 글이 있다. 나만 보는 일기는 아무에게도 영향을 미치지 않는다. 내 글에 대한 책임을 딱히 질 필요가 없다. 그러나 보이는 글, 특히 어떤 형태로 만들어졌든, 책으로 묶인 글들은 책임이 있다. 그래서 글을 쓰는 사람이 누구나 작가라기보다 소통하는 글을 쓰겠다는 어느 정도의 책임감을 가진 사람에게만 그 이름이 주어져야 하지 않을까 생각해 본다.

글을 쓰고자 하는 사람은 끊임없이 공부해야 한다. 다양한 책을 읽는 것은 나의 취미이자 이제 일이다. 어쩌면 이미 독서 습관이 잡힌 나에게는 이는 매우 쉬운 일이다. 그러나, 읽은 것을 되새기며 글을 쓰는 시간은 사유에 사유를 덧대는 사고라는 고통을 경험하는 과정이다. 또 다른 훈련과 삶의 습관도 필요하다. 내 시간과 몸을 글 노동에 내주어야 한다. 여러 책의 세계를 기웃거리는 데만 머물러서는 안 된다. 그것들을 엮고 융합하면서 또 다른 메시지를 창조해 가야 한다. 다른 이들과 평범한 일상을 살지만, 그 이면의 의미들을 건져 올릴 수 있는 섬세함이 필요하다.

더불어 꾸준히 글을 쓰기 위해서는 정신과 몸의 단련이 함께 필요하다. 책만 읽다가 어느 날 집중력이 흐려진 나 자신을 발견했다. 몸을 움직이지 않고 읽기만 하니, 뇌도 잘 움직이지 않았다. 그래서 오롯이 읽고 쓰기 위해 걷고 달리기를 시작했다. 글을 쓰는 것은 읽는 것보다도 더 고도의 정신노동이 필요하다. 그렇기에 몸의 단련은 필수다.

"장편 소설을 쓰는 작업은 근본적으로는 육체노동이라고 나는 인식하고 있다. 글을 쓴다는 것 자체는 두뇌노동이다. 그러나 한 권의 정리된 책을 완성하는 일은 오히려 육체노동에 가깝다."

-《달리기를 말할 때 내가 하고 싶은 이야기》(문학사상, 2009)

책을 읽고 글도 쓰려고 하니, 하루키의 말과 삶의 방식이 이해되었다. 그가 왜 철인 삼종 경기에 나갈 만큼 고도의 육체 단련을 했는지를 말이다. 평생 읽고 쓰는 삶을 위해 몸을 부지런히 굴려, 육체와 정신을 단련하는 글쓰기 노동을 게을리하지 말아야겠다.

꾸준히 책을 출간하는 작가가 되고 싶다. 대단한 베스트셀러 작가를 꿈꾸지는 않는다. 책을 쓰는 과정에서 누리는 희열과 성취감이 작가에게 주어지는 첫 번째 보상임을 알기 때문이다. 나만의 취미로 나만 행복하고, 그저 휘발시켜 버리는 독서로 끝나지 않고, 일상과 독서 끝에 만난 작은 사유의 구슬들이 한 권의 책으로 묶여 누군가에게 조금이라도 삶의 의미와 희망을 전해 줄 수 있다면 정말 보람과 행복이 클 것 같다. 작가라는 단순한 명예심보다 작은 책을 통해서 메시지를 주고, 한 사람이라도 그 영혼을 풍요롭게 한다면 그만큼 의미 있는 삶이 또 있을까. 다양한 장르의 책을 쓴 저자가 수많은 사람을 자신의 경험과 지식을 엮어낸 메시지로 살렸던 것처럼.

사람들의 잠재력을 계발시켜 주는 코치, 강연가 되기

오랫동안 대학 관련 기관에서 대학생들을 대상으로 상담하고 강의하는 일을 해 왔다. 내가 사는 곳은 지방의 작은 소도시다. 서울권 대학에 진학하지 못하고 지방에서 대학에 다니는 젊은이들은 세상의 기준인 학벌과 취업에 맞춰 자신의 한계를 정하는 경우가 많다. 꼭 학벌이 아니더라도 어린 시절과 또래로 인한 상처 등 여러 가지 이유로 자존감이 낮은 경우가 대부분이다. 겉으로 드러나는 모습과는 다르게 내면의 깊은 아픔을 숨기고 있는 젊은이들도 많다.

한 동아리에서 후배들과 안무하고 공연도 할 정도로 재능이 있는 적극적인 친구가 있었다. 한번은 작은 소그룹 모임에서 평상시의 주 감정이 무엇이냐고 그 친구에게 물어보았다. 그러자 그 친구는 '슬픔'이라고 말했다. 그 말에 모두가 놀랐다. 평상시 활달한 그 친구의 모습과는 매우 달랐기 때문이다.

알고 보니 어린 시절 부모님이 이혼한 아픈 상처가 있었다.

나는 작은 지역 단체에서 15년 이상 대표로 일했었다. 조직에서 연차가 올라갈수록 여성은 줄어들었다. 각 지역의 대표들이 30~40명 정도 모이면 여성 대표는 한 두 명뿐이었다. 야근과 외근이 많은 일의 특수한 성격과 출산과 육아의 부담 때문에 여성이 장기적으로 일할 수 없다고 쳐도 이것은 너무 심한 불균형이었다.

왜 남성과 똑같은 인간으로서 같은 잠재력이 있는 여성들이 결혼과 육아가 벽이 되어 더 나아가지 못하는가. 왜 조직 문화가 이를 수용 못 하는가. 이런저런 상황이 여성의 삶에 대한 많은 질문을 낳았다. 이러한 나의 삶의 여정과 그 속에서 생긴 의문들은 젊은이들과 여성에 관한 관심으로 이어졌다.

나는 대학생들을 도우면서 스스로 나를 키워갔다. 조직에서 늘 소수자 위치에 있었기에 겪는 고독과 불편한 질문 속에서 끊임없이 나의 정체성을 찾아갔다. 그래서 청소년과 젊은이 그리고 여성들이 자신의 한계를 과거의 상처와 사회가 정하도록 내버려 두지 않기를 바랐다. 이런 고민과 물음 속에서 답을 쌓아갔던 과정은 그들이 과거의 상처를 치유하고, 자신을 받아들이고, 미래를 향해 나아갈 수 있도록 동기부여하고 도전하고 돕는 코치와 강연가로 나를 살아가게 했다.

내가 아는 유명한 강연가는 김미경 강사다. 사실 늘 열정적이기만 한 그녀의 강의들은 어떨 때는 부담스럽고 잘 와 닿지 않았다. '사람이 어떻게 저렇게 늘 열정적이고 도전적으로만 살 수 있지?'라는 의문이 들었기 때문이다. 그러나 그녀는 강의 하나에 자기 경험을 녹여내기 위해 피나는 노력을 하고 있었다.

코로나 기간, 모든 강사의 강의가 끊겼을 때 그녀는 더 치열하게 자신을 탐구했다. 그 결과 트렌드를 읽으며 《김미경의 리부트》(웅진지식하우스. 2020)라는 책을 쓰고, 온라인 대학을 구축했다. 지금은 수만명의 학생들이 그 플랫폼에서 활동하며 꿈을 키우고 있다. 많은 사람이 코로나 기간에 직업을 잃고 운신의 폭이 좁아졌을 때 그녀가 만든 플랫폼 속에서 디지털 세상을 공부하고 자기 계발하며 새로운 직업을 찾아가고 있다.

나 또한 강의도 하고 상담도 하면서 성실하게는 살아왔다. 하지만 정말 내 실력을 치열하게 키워왔는가? 사람들의 실제적인 삶을 확실히 세워 주었는가? 이런 질문 앞에서 한없이 부끄러웠다. 어느 날, 퇴직 후 소시민으로서 편하게만 살려고 했던 나의 나약한 마음을 깨우치게 되었다. 그리고 소명자의 삶을 살기로 다시 결단했다.

20여 년간 대학생들을 만나 상담하고 강의하면서, 사실 이제는 상담과 강연을 그만두고 싶다는 생각도 했다. 즐거운 일이기도 했지만, 끊임없는 공부와 나 자신을 녹여내는 준비 과정이 쉬운 일은 아니었다. 그러나 나보다 앞서 지치지 않고 동기부여하며 사람들을 일으켜 세우는 분들을 보면서 다시 도전해보고 싶은 욕망이 일었다.

《강의 잘하는 기술》(위닝북스. 2018)을 쓴 오성숙 작가는 "자기계발의 끝은 강의다."라고 말했다. 그렇다. 강의하기 위해서는 끊임없는 자기계발이 필요하다. 코칭이나 강연을 위해서는 사람에 대한 이해가 필수다. 사람을 분석하고 경청하는 훈련을 계속할 때 진정으로 소통하며 그들의 필요를 돕는 사람이 될 수 있다. 이처럼 자신을 변화시켜 가는 것은 힘들지만, 신나는 일이다.

내가 코치와 강사로서의 삶을 살고 싶은 또 하나의 이유는 책과는 다르게 사람을 직접 만나 교감하면서 그들을 도울 수 있기 때문이다. 책이 주는 유익도 있지만, 사람과 사람이 소통하면서 직접 주고받는 에너지와 열정은 더 증폭된다. 일대일로 만날 때는 더 깊이 그 사람과 교감하면서 구체적으로 도울 수 있다. 강연은 현장에서 여러 사람이 함께 소통하면서 공감과 위로를 얻고 동기부여를 받는, 또 다른 에너지 가득한 시간이다. 요즘은 줌으로 많은 것이 이루어져 이 부분이 약해지는 것이 아쉽지만 말이다.

사람들의 잠재력을 계발해 주는 코치와 강연가가 되기 위해선 먼저 나 자신에게 한계를 두지 않아야 한다. 잠재력을 계발해 가는 노력 또한 게을리하면 안 된다. 매일 성장하지 않는 것 자체가 퇴보다. 안주하지 않고 매일 성장하는 삶을 살아가야 한다. 책과 사람, 인생에서 맞닥뜨리게 되는 모든 희로애락의 사건들을 배움의 재료로 활용해야 한다. 나의 감정과 생각, 내면의 소리에 귀를 기울이는 연습을 매일 해야 한다. 내 존재를 적극적으로 감사하고 인정할 때 다른 이들의 존재도 감사히 여기며 수용하고 도울 수 있다.

사람을 상대하고 변화에 영향을 주기는 쉽지 않다. 세상에는 정말 다양한 사람들이 있고, 내가 아무리 노력한다고 할지라도 내 마음대로 되지 않는 것이 사람이다. 그들의 반응은 그 사람의 선택이기에 내가 좌지우지할 수 없다. 그런데도 코치와 강연가로서 사람들의 변화에 조금이라도 일조할 수 있다면 그야말로 보람되고 기쁜 일이지 있을까. 자신을 의심하고 세상에 대해 불평만 해 댔던 자아가 자신을 당당히 사랑하고 이 세상에 온 이유에 감사하는 것만큼 기적 같은 일이 또 있을까. 사람들의 상처를 치유하고 그들의 잠재력을 계발하는 데 코치와 강연가로 그런 선한 에너지를 조금이라도 흘려보낸다면 내가 이 세상에 온 소명을 다하는 것이 아니겠는가. 이렇게 나의 두 번째, 또 누군가의 두 번째 꿈을 응원하며 오늘도 살아간다.

변은혜의 글

하루 한 페이지, 1인 출판인의 갓생 일기

나다움을 만드는 선택에 관하여

돌아보니, 내 삶은 나다움을 찾기 위한 투쟁이었다. 스무 살 청춘은 그림자처럼 붙어 있었던 어린 시절의 상처로부터 벗어나기 위한 투쟁이었다. 결혼 후 엄마와 여자 사이에서 겪는 정체성 혼란은 '나'라는 사람에 대한 의문과 물음뿐이었다. 일터에서 연차가 올라가면서 함께 했던 여성들이 보이지 않기 시작했다. 숫자적으로 열세였던 여성 리더십이 설 자리가 흐릿했던 문화 속에서 여성과 인간 사이에서 존재의 의미를 탐구했다.

그렇게 온실과 같은 가정에서 벗어나 앳된 청춘의 시기부터 나를 찾는 긴 탐험이 시작된 것이다. 쓰리고 지난한 시간들이 흘러 마흔을 넘어선 어느 날, 난 드디어 묘한 해방감 같은 것을 경험했다. 우울과 외로움, 냉소로 가득했던 마음은 행복과 긍정으로 채워지고 있었다. 그동안의 치열한 존재의 씨름이 헛되지 않았던 것이다. 어떤 부분들이 이렇게 나를 만들어 왔을까 잠시 생각해 본다.

김무영 작가는 자기다움은 만드는 것은 '선택'이라고 말한다. 어릴 때 나는 부모가 정해주거나 친구가 정해준, 심지어 동생이 정해 준 대로 살았다. 연년생이었던 둘째 동생은 늘 같이 다니면 친구 같았다. 상점에서 물건 하나를 고를 때도 나는 동생에게 넘겼다. 무언가를 선택하기를 두려워했기 때문이다. 그저 다른 이들 속에 섞여서 내가 전혀 드러나지 않기를 바랐다. 아무도 나를 알아주지 않기를, 내 존재가 들키지 않기를 바랬다. 무엇을 말하든 "다 좋아."가 내 답변이었다. 그렇게 나는 무리 가운데서도 전혀 보이지 않는 투명 인간임을 스스로 선택했다. 아! 이것도 하나의 선택일 수도 있겠다. 그러나 낮은 자존감에서 나오는 선택은 단순히 방어기제일 뿐이다. 인간이라면 누구나 세상과 연결되기를, 내가 가진 그 무엇이든 나누며 살기를 원한다.

갑자기 청춘에게 주어진 '자유'는 내 존재의 빈약함을 과감없이 드러냈다. 아닌 척, 괜찮은 척하려고 했지만 그것은 그리 오래가지 못했다. 우정, 연애, 진로, 관계, 일, 결혼, 양육 등 누구나 겪는 인생의 시간 속에서 내 미약한 존재는 너무 쉽게 상처받고 쓰러졌다. 그저 누군가의 선택을 순응적으로 받아들이기에는 더 이상 내 존재가 허락하지 않았다.

타인의 선택으로 만들어진 내 일상 속에서 작은 반란들이 일어나기 시작되었다. 대학교 4학년 1학기 중반, 모두가 졸업과 취업 준비로 바쁠 때 나는 부모님께 허락도 받지 않고 휴학을 해 버렸다. 학교를 다니는 중간이라 대학 등록비 삼분의 일을 손해 보았다. 부모님은 밥을 먹다가 밥그릇을 던질 뻔했다. 시실 기억에 던졌던 것 같기도 하고, 그런 분위기만 조성되었던 것인지 이제는 헷갈린다. 나의 선택을 뚝심있게 밀고 갔고, 나는 그 시간을 내가 하고 싶었던 것으로 마음껏 채워갔다. 졸업 후 진로 또한 부모님의 의도와는 상관없이 결정했고, 결혼도 마찬가지였다.

하나둘 나를 위한 선택을 해 갈 때, 나에 대한 타인의 기대와 간섭이 줄어들었다. 다른 이에서 벗어난 진짜 나만의 여행이 시작된 것이다. 선택이라는 것은 책임 또한 내가 지겠다는 행위이기에 매우 두려운 일이기도 하다. 하지만 이 또한 그 과정에서 크고 작은 희열을 맛보게 된다. 때론 잘못된 선택으로 후회할 때도 있지만 그 과정 또한 나만의 개성 있는 스토리가 된다.

작고 약하지만 그렇게 쌓아 올린 나의 선택은 이제 누구에게도 휘둘리지 않는 단단한 나를 만들어주었다. 22년 머물렀던 조직이라는 안전한 울타리를 떠나니 하나하나 모두가 내 선택의 몫이었다. 이 선택이 버거울 때도 있었다. 너무 많은 선택지 속에서 헤매기도 했고 무섭기도 했고, 나를 잃어버릴 뻔도 했다. 그렇지만 꿋꿋하게 선택해 간 나의 길들을 돌아보니, 조금씩 그 속에서 '내'가 보이기 시작했다.

정신분석학자이자 사회 실천 학자로도 유명한 에리히 프롬은 우리에게 '살아있음의 철학'을 설파한다. 보기 좋은 수많은 음식이 펼쳐져 있는 SNS의 바다에서도 욕심과 조급함을 내려놓고 나의 일을 찾아 꿋꿋하게 선택하는 것은 여전히 어렵다. 트렌드를 쫓지 못할 것은 불안감, 나만 뒤처지는 것이 아닐까 하는 걱정 등은 여전히 매일이 고민이다. 그러나 다시금 마음을 다잡고 글을 쓰며 지금을 돌아본다. 어떤 결과나 성취물이 아니라 하루를 설레는 마음으로 시작하고 있다면, 20대 청춘 못지않은 살아 있음을 느끼고 있다면 '나 좀 잘 살고 있는 것은 아닐까?' 하고 말이다. 그렇게 오늘도 꿋꿋이 나다운 선택을 찾아 하루를 꽉 채운 삶을 살고 있다. 내일도 나다운 선택을 이어가기를 바라며~!!

책을 읽고 쓰고 만드는 사람

오랫동안 책을 읽기만 하는 사람이었다. 수많은 단어와 문장들이 내 안에 들어오다 보니, 어느 순간 내 안에서 단어와 문장이 흘러나왔다. 유명한 문장가들에 비해 여전히 초라하지만 비교는 금물이다. 나는 그저 그 과정이 좋다. 단어를 만들고 문장을 만들고 그렇게 더듬거리며 내 삶을 만들어가는 과정 말이다. 그래서 이제는 책을 읽자고만 할 뿐 아니라 쓰자고도 사람들에게 외친다. 매일 글을 붙들고 살다 보니, 이제 책과 사람이 하나로 보인다. 진짜다. '책이 사람이고 사람이 책이다.'라는 말은 내 진심에서 나온 슬로건이다.

그래서 북클럽 뿐 아니라 글쓰기 모임, 공저와 개인저서 책쓰기 과정을 열었다. 아직 책을 많이 쓴 작가는 아니지만, 첫 책을 내면서부터 이상하게도 출판사도 차리고, 나와 같은 작가들도 양성하고 싶다는 마음이 들었다. 그 일이 어떤 일인 줄 알기나 하고 그런 꿈을 상상했는지는 모르겠다. 그러나 지금 그런 일들을 조금씩 해 가고 있다. 연구소도 재등록하고, 출판사도 등록해서 자신의 경험과 지식을 글로 써 보고, 책으로 담아내고 싶은 분들을 코칭해 주고 있다.

글쓰기의 스킬에 대해서 이야기하자면 나보다 더 전문적인 분들이 많을 것이다. 그런데 왜 글을 써야 하고, 책을 써야 하는지 그 의미를 나누고 싶은 열정에는 뒤지지 않는다고 말하고 싶다. 함께 글을 쓰며 책을 만들고, 온라인 서점에 등록해 그 결과물을 손에 받아보는 과정을 통해 작은 희열을 경험한다.

책을 쓰고 그것을 손수 만들어가는 과정은 이야기를 품고 있는 그 한 사람을 다시 짓는 과정이기도 하다. 책을 읽고 쓰고 만드는 과정에서 내가 집중하는 것은 '사람'이다. 사람 안에는 무수한 결의 이야기들이 있다. 그 모든 이야기를 책에 담을 수는 없다. 그러나 인생의 한 단면을 건져내어 한 편의 에세이에 담기까지는 얼마나 많은 고뇌와 사유, 의미를 파헤쳤을까.

얼마 전 읽은 한 책에 작가는 초고를 쓰는 과정을 '광부'로 표현했다. 광부는 하나의 다이아몬드를 캐기 위해서 온갖 흙을 먼저 뒤집어 써야 한다. 그렇다. 이미 경험해 온 이야기를 다시 다듬으며 그 속에서 빛과 같은 한 줄의 의미를 건져내기 위해 글을 쓰는 과정은 흙을 뒤집어쓰는 과정과 같다. 그런 인고의 시간을 보낸 뒤에야 그 사람만의 개성과 취향을 말해 줄 한 문장이, 하나의 완성된 글이 드디어 모습을 드러낸다. 이 과정 하나하나를 사랑한다. 그래서 나의 읽기와 쓰기 모임에서 나는 이런 메시지로 사람들을 독려한다. 나는 '보통 사람들의 책쓰기를 꿈꾼다'라고.

책이 너무 쉽게 만들어지는 시대이기에 검증되지 않은 책들이 범람하는 것이 아니냐고 비판할 수도 있다. 그렇다고 지금의 발전된 기술, 문화 속에서 그동안 숨죽여 왔던 자신의 목소리를 표현하려는 사람들의 욕구는 줄어들지 않을 것이다. 그 속에서 보석과 같은 이야기를 찾는 문제가 남아있지만, 이것이 쓰지 않을 이유는 안 된다. 누구도 처음부터 잘 쓰던 사람은 없다. 잘 쓸 때까지 기다릴 이유도 없다. 지금의 환경을 충분히 활용해서 오히려 모두가 작가가 되면 좋겠다. 자신의 글을 지으며 삶을 지어 나갔으면 한다. 속도의 시대에 조금은 멈춰 서서 글 짓는 맛을 꼭 경험했으면 한다. 나만의 글 놀이터에서 마음껏 발산하고 대면하고 자신을 껴안으면 치유와 변화를 경험했으면 좋겠다.

오늘 SNS에 이런 글을 남겼다. "더 이상 다른 이들만 추앙하지 말고 자신을 추앙하라고." 글쓰기는 자신을 추앙하는 길이다. 나르시즘에 빠질 필요는 없지만, 비교 속에 열등감에 허덕이지 말고 이제는 자신을 추앙했으면 좋겠다. 나 좀 바라봐 달라고 외치는 내 안의 아이에게 집중했으면 좋겠다. 그 아이에게 애정을 쏟고, 관심을 기울이자. 헌신과 희생으로 아이를 양육하고 일하고 다른 이들을 섬기느라 정작 자신을 돌보지 못한 중년들에게 말하고 싶다. 글을 쓰라고. 글쓰기는 자신을 추앙하는 길이라고.

변은혜의 글

오늘 SNS에 이런 글을 남겼다. "더 이상 다른 이들만 추앙하지 말고 자신을 추앙하라고." 글쓰기는 자신을 추앙하는 길이다. 나르시즘에 빠질 필요는 없지만, 비교 속에 열등감에 허덕이지 말고 이제는 자신을 추앙했으면 좋겠다.

나를 꿈꾸게 한 'Pop Song'

I Have a Dream, a song to sing

To help me cope with anything

If you see the wonder of a fairy tale

You can take the future even if you fail

나는 꿈이 있어요, 부를 노래가 있죠

그 노래는 내가 무엇이든 해낼 수 있게 해줘요.

만약 당신이 동화 속 기적을 보게 된다면

당신은 실패하더라도 미래를 향해 나아갈 수 있어요.

- ABBA : I have a dream (1979) -

태교부터 팝송으로

내게서 절대 빼놓을 수 없는 것 중에 몇 가지만 뽑으라면, 그중 하나는 '음악'이다. 음악 중에서도 정확하게는 '팝송'이다. 어렸을 때부터 나는 팝송을 좋아했고, 내 인생에서 팝송은 뗄 레야 뗄 수 없는 존재이다.

팝송을 좋아하셨던 부모님 덕분에 태교 음악부터 나는 팝송을 들으면서 세상에 태어났다. 엄마는 집에서 올드팝을 하루 종일 켜 놓으시고 집안일을 하셨다. 지금은 스피커를 구하기도 쉽고, 사운드 빵빵한 고출력의 사운드바도 가격이 합리적이지만, 삼십몇 년 전에는 그런 장비가 거의 드물었고, 가격도 무척 비쌌다. 부유하지도 않은 집에서, 한창 돈 많이 드는 삼 남매를 키워내시느라 부모님께서는 취미 생활도 없으셨지만, 음악 듣기와 전축에는 완전히 진심이셨다. 요즘 말로 한다면 우리 부모님은 전축 장비욕심이 있으셨다.

우리 집은 아담한 평수의 아파트였지만, 아무리 크고 좋은 집에 사는 친구네 집에 가보아도 우리 집 전축만큼 으리으리한 것을 보지 못했다. 거실 세 벽면을 완전히 둘러싼 서라운드 오디오 전축에서는 하루 종일 팝송이 흘러나왔다. 그 전축 앞에 서면 음악이 내 몸을 밀치듯이 때렸다. 내 옆에서 라이브로 노래 부르는 듯한 생생한 고퀄리티 음악을 어릴 때부터 그렇게 듣고 자랐다.

팝 칼럼니스트

그러다 보니 자연스럽게 모르는 팝송이 없었다. 올드 팝부터, 엊그제 발표된 싱글 앨범 타이틀곡까지. 모든 팝이 나에게는 너무 익숙하고 쉬웠다. 수 백곡 수 천곡의 팝송을 다 꿰고 있었고, 새로 발매된 곡들도 보컬 목소리 한 소절만 듣고 누구의 노래인지 알았다. 심지어는 새로운 가수의 앨범이 나온다는 소식만 알고도, '이 노래가 그 신곡이었구나.' 하고 단번에 맞췄다. '복면 가왕' 팝가수 버전이 있다면 내가 아마 족집게로 정평이 났었을 텐데….

팝송이 너무 좋아서 초등학생 때부터는 용돈을 모아서 오로지 팝 CD를 사서 닳도록 들었고, 음악 잡지를 사 모았다. 좋아하는 가수의 새 앨범이 발매되는 날에는 음반사에 1등으로 달려가서 CD를 사고, 선착순으로 주는 브로마이드를 받았다. 세상에 그런 기쁨과 행복이 또 없었다. 지금 생각해도 온몸이 짜릿하다!

매달 서점에 가서 팝 음악 전문 잡지를 사서 모든 글을 읽고 또 읽었다. 새 책, 새 잡지의 첫 페이지를 펼치는 그 순간이 너무 행복하고 좋아서 책에 코를 박고 냄새를 맡았다. 지금도 그 버릇으로 새 책 냄새를 그렇게 맡는다.

팝 음악 관련 커뮤니티에 글을 쓰고, 작은 클럽도 개설해 운영했다. 중학교 2학년밖에 안 되었지만 조금씩 커지는 커뮤니티의 회원들을 관리하며 수십 명에서 수백 명이 모이는 오프라인 행사도 여러 번 개최해보고, 음반기획사에 정식으로 초대받아 팝아티스트의 내한 쇼케이스와 인터뷰에 참여하기도 했다. 어린 나이에 또래 친구들이 해보지 못한 경험을 쌓아갔다. 고작 중학생의 나이에 그런 용기가 어디에서 났었는지 지금 와서 생각하면 참 대견한 일이다. 그렇게 팝 음악밖에 모르던 나는 팝송과 세계음악과 문화에 대해 글을 쓰는, 팝 칼럼니스트나 음악 평론가가 되고 싶다는 꿈을 꾸게 되었다.

영어 제일 잘하는 애

팝송의 성지였던 '배철수의 음악캠프'에서도 나보다 소식이 느렸다. 팝음악에 완전히 심취했던 나는 '배철수의 음악캠프'도 모자라 AFKN을 온종일 들었고, 해외 사이트에서 팝송이나 아티스트의 소식을 누구보다도 더 먼저 찾아서 알게 되었다.

친구들 모두 HOT와 젝키에 열광할 때 나는 혼자 외롭게 backstreet boys를 들었다. 내가 좋아하는 BSB의 '팬질'을 하려면 영어가 필수였다. 뭐라고 하는지도 모르는 인터뷰 영상을 어렵게 구해서 보고 또 보고 수없이 돌려보며 무작정 따라 말해봤다. 요즘은 인터넷에 노래 제목만 쳐도 가사와 해석이 다 나오지만, 예전에는 팝송 CD를 사도 가사도 한 줄 없는 불친절한 앨범이 대부분이었다. 노래 뜻을 너무 알고 싶어서 사전을 뒤져가며, 긴 문장도 의미 단위로 끊어 읽으며 다이어리에 해석을 쓰고 외웠다. AFKN을 알아들을 수 없었지만, 좋아하는 팝 음악 좀 들어보겠다고, 귀를 쫑긋 세우고 온몸의 신경을 바짝 세워 그냥 막 받아 적었다. 지금에 와서 생각해보니 어릴 적부터 스스로 영어의 쉐도잉 기법, 딕테이션, 직독 직해 학습을 매일 그렇게 했던 거다.

그러다 보니 영어가 늘었다. 듣고 말하는 게 너무 재미있었다. 꿈에서도 영어를 썼다. 영어는 그냥 제일 잘했다. 영어를 쓸 수 있는 외국에 나가면 물 만난 고기가 따로 없었다. 평소에 말이 별로 없는 내가 외국에 나가면 아주 딴사람이 됐다. 그렇게 영어를 좋아하다 보니 자연스레 영어 강사가 됐다. 어학원 근무를 할 때 동료 미국인 강사들은 나에게 미국에서 오래 살았느냐고 꼭 물어봤다. 팝송을 사랑한 것뿐인데 영어까지 잘하게 되어서 그걸 업으로 삼게 되었으니, 꿈의 절반은 성공한 셈일까?

밤도깨비의 시작

학교 가랴 학원 가랴, 음악 들을 시간이 너무 없었다. 아침에 눈 뜨자마자 듣고, 길에서도 듣고, 버스에서도 듣고, 밥 먹으면서도 들었지만, 음악 들을 시간이 충분하지 않으니 스트레스 해소가 안 됐다. 시간이 없으니 별수 있나. 잠 안 자고 들어야지. 잠자는 시간 대신 음악 듣는 걸 택했다. 하루에 세 시간만 자고, 최대한 팝송을 들었다. 잠은 그걸로 충분했다. 음악을 원 없이 들을 수만 있다면.

스트레스 해소하는 방법도 오로지 음악 듣기였다. 사춘기도 그렇게 음악에 심취해서 조용히 지냈다. 타고나기를 밤잠이 별로 없는 스타일이라, 어렸을 때부터 그렇게 안자고도 잘 버텼다. 늦게까지 공부한다는 것은 핑계였고 늦은 밤까지 음악 들으며 혼자만의 시간을 채웠다.

지금도 나는 밤도깨비다. 북적북적한 낮은 모두가 분주하고 바쁘게 돌아가서 조용히 나만의 시간을 갖기가 어렵다. 새벽 기상이 대세이고 다섯 시를 두 번 만나야 성공한다고 하고, 유명인 모두가 그토록 새벽 기상을 강조한다. 나도 패턴을 바꿔 보기로 마음을 단단히 먹고 몇 달간 새벽 기상을 해보았지만, 역시 이른 새벽은 나와는 안 맞는다. 하루의 시작에 앞서 마음이 온전히 놓이질 않아 뭐에 쫓기듯 어영부영 시간만 보내기 일쑤였다. 역시, 나에게는 늦은 밤이 더 꿀인 걸로.

지금, 이 시각 새벽 2:23분. 오늘도 나는 세상에 혼자 남아 조용히 음악을 들으며 글을 쓴다. Starry starry night~♪

안지원의 글

MBTI - 외유내강 ISFJ

"너 자신을 알라"

- 고대 그리스 델포이의 아폴로 신전 현관 기둥에 새겨진 명언

나는 누구인가?

'MBTI 성격 유형'이란 스위스의 정신분석학자인 카를 융(Carl Jung)의 심리 유형론을 토대로 캐서린 브릭스(Briggs), 그녀의 딸 이사벨 마이어스(Myers), 손자 피터 마이어스(Myers)까지 3대에 걸쳐 약 70년 동안 연구·개발된 성격 유형 검사 도구로서, 사람의 성격을 열 여섯으로 분류하는 검사다.

에너지의 방향(E-외향형, I-내향형), 인식 기능(S-감각형,

N-직관형), 판단 기능(T-사고형, F-감정형), 생활양식(J-판단형, P-인식형)에 따른 자신의 성격 유형을 판단하여, 삶의 다양한 측면에서 나에 대하여 돌아보고 사회에서 어떻게 살아가야 하는지 이해와 도움을 주는 유용한 검사이다.

내가 MBTI를 알게 된 건 대학 수업을 들으면서였다. 요즘은 MBTI가 아주 흔하지만 내가 대학생 때만 해도 이 검사를 아는 사람들이 많지 않았다. 교육학을 전공한 나는 대학교 때 심리와 상담 수업이 필수 과목이었는데, 그 수업을 들으면서 'MBTI 성격 유형'에 대하여 알게 되었고 검사도 받아볼 수 있었다.

그때 나는 '내가 누구인지' 진지하게 생각하기 시작했을 무렵이었다. 내가 어떤 사람인지 이해하기 위해 부단히도 애썼고, 세상에 홀로 던져진 나를 맞닥뜨리며 '나를 어떻게 마주해야 할지' 혼란스러웠던 시기였다. 나 자신을 온전히 이해하지 못하니 타인과도 쉽게 관계를 맺기가 어려웠고 친구들과의 갈등과 가족과의 불편함이 그저 어렵고 힘겨웠다. 그 갈등의 절정에서 MBTI 성격 유형을 공부하게 되었으니 가뭄에 비를 만난 것 같았다.

나는야 잇프제(ISFJ)

I - 내향형 : 깊이 있는 대인관계를 유지하며 신중함 (사교적이며 활동적이지 못하다)

S - 감각형 : 현실을 수용하고 정확하고 철저한 일 처리 (미래 지향적 새로운 시도는 불편하다)

F - 감정형 : 인간적인 측면을 중시하며 이해와 조화를 중시 (분석적이고 객관적으로 사실을 판단하기 어렵다)

J - 판단형 : 목표와 가고자 하는 방향이 뚜렷하며 체계적임 (자율적인 융통성이 떨어짐, 호기심이 많지 않음)

검사 결과에 조금 당황스러웠다. 나는 내가 외향적인 사람인 줄로만 알았는데, 내향, 그것도 완전 내향이라니. 첫 번째 답부터 나 자신을 너무 모르고 있었다. 그렇게 알게 된 나의 MBTI 성격 유형. ISFJ. 내가 ISFJ의 성격 유형이라는 것을 알게 되니, 너무나 많은 것이 설명되었다. 나를 더 잘 이해하고 받아들일 수 있었다. 왜 그때 상황에서 화끈하게 받아치지 못했는지, 왜 매번 내가 팀 과제를 다 만들었는지, 그러면서도 왜 발표 때는 나서질 못해서 좋은 점수는 다른 친구들이 다 받아갔는지, 별것 아닌 실수에도 왜 그렇게 괴로워했는지, 왜 다들 나보고 애늙은이라고 하는지…. 퍼즐 맞춰지듯 맞아떨어지는 조각들이 이해가 되고 위로까지 받는 느낌이었다.

나를 이해하게 되니, 여러 상황에서 더 편안해지고 방향성을 찾을 수 있었다. 내가 가진 강점과 단점을 알고 나니 여러 상황에서 대처하는 능력도 생기고 조금 더 단단해질 수 있었다. 내 성격의 부족한 점 때문에 괴로워하고, 자책하는 일이 많았는데 '내 성격이 원래 그렇지.'라고 스스로 인정하니 그렇게 책망 되지 않았다. 나의 장점은 잘 살리고 단점은 인정하고 보완해 나가면서 조금씩 더 성장할 수 있었다.

보통은 상황에 따라, 그리고 나이 들어감에 따라 성격 유형도 바뀐다는데, 이십 년 가까이 단 한 번도 바뀐 적 없는 것을 보면 내 성격도 참 일관성이 있다. MBTI 검사를 수년마다 하면서 '사람은 안 변한다.'는 말이 참 뼈 때리는 말이라는 것을 느낀다. 잇프제 안지원. 이 성격 데리고 잘 살아가 봐야지.

말도 안 돼!

내 성격이 내성적이라고 아니 사실은 내향성 끝판왕이라고 고백하면 십중팔구는 이런 반응을 한다. MBTI 내향 성격 중에서 제일 감쪽같이 외향 같아 보인다는, ISFJ.

나를 '조금' 아는 지인들은 내가 외향적인 사람이라고 생각한다. 하지만 나를 오래도록 봐온 '찐친' 들은 내가 아싸 기질이 다분한 내향형이라는 걸 아주 잘 안다. 여러 명 모여있는 것보다 혼자 있는 시간이 너무 중요하고, 조용한 환경에서 에너지를 받는 나는 어찌 보면 참 재미없는 사람이다. 한 번씩 외향적인 사람들의 그 치명적인 매력에 홀려서 나도 그런 인싸인 척 연기해 본 적도 있지만, 맞지 않는 옷을 입고 하루 종일 외출하고 집에 들어온 사람처럼 온몸을 두드려 맞은 듯한 몸살도 여러 번 앓아보았다. 그런 후폭풍을 몇 번 겪어 보아서 이제는 애써 그런 무모한 짓은 하지 않는다.

뼛속까지 내향형이긴 하지만 상대방의 감정을 잘 파악하고 상황을 적극적으로 수용하는 나의 성격은 어떤 상황에서는 외향적으로 보인다. 하지만 나는 그리 사교적인 편은 아니고 소수의 사람과 깊은 관계를 맺는 것을 좋아한다. 한 번 좋아하는 사람은 끝-까지 좋아하는. 진국. 이랄까?

꼼꼼한 수호자

ISFJ는 보통 '헌신적이고 꼼꼼한 수호천사'로 많이 비유되는데, 잘 맞는 직업으로는 비서, 초등학교 선생님, 간호사, 교육행정, 상담사 등이 꼽힌다. 다른 사람을 실질적으로 도울 수 있는 일이나 세심한 관찰력과 정확성이 요구되는 일, 그리고 헌신과 공감을 표현할 수 있는 일이 적합하다고 하는데 나의 직업과도 일맥상통하는 부분이다.

대학 졸업 후 24살 때부터 대형학원에서 영어 강사 일을 시작했다. 아이들을 마주하며 수업하는 일이 즐거웠고, 특히 나 내가 정말 좋아하는 영어를 매일 사용하며 아이들과 호흡하는 시간이 행복했다. 내가 가진 지식을 전달하는 일에도 진심이었지만, 아이들이 나로 인하여 더 즐겁게 영어를 배우길 바랐고, 나와의 수업을 통해 영어를 더 좋아하고 잘하게 되길 바라는 마음으로 한 명 한 명 진심으로 지도하고, 마음을 다해 수업했다.

아이들을 대하는 직업이다 보니, 지식을 전달하는 일 외에도 아이들을 세심하게 돌봐야 하는 부분이 상당히 중요하다. 특히 학생들이 어릴수록 아이마다 가지고 있는 성향과 특성이 다르고 발달 속도가 다르기에 성장 발달에 대한 이해가 꼭 필요하다. 그리고 아이마다 각기 다른 정서를 빠르게 파악하고 적절히 대응해야 하는 능력이 필수적이다. 그렇기에 세심하지 못한 성향이거나 예민한 편이 아니라면 이 직업은 어려울 수 있다.

타고나기를 섬세하고 보살피는 성격 유형이다 보니 아이마다 가지고 있는 성향과 작은 감정도 파악이 빠르다. 아이들에게 어떻게 접근해야 그들이 더 편안해하는지, 어렵다고 느끼는 부분은 어떤 상황인지 잘 이해하고 대처하는 것이 내게는 어려운 일이 아니다. 이러한 나의 성향을 장점으로 살릴 수 있는 이 일이 정말 천직이 아닐 수 없다. 안지원의 글

1년 만에 1억 학원 원장

"사람들은 남이 거둔 성공을 보며
그것이 쉽게 얻은 것으로 생각한다.
하지만 사실과는 대단히 거리가 멀다.
쉬운 것은 실패다.
성공은 언제나 어렵다.
성공하려면 자기가 가진 모든 것을
쏟아붓지 않으면 안 된다."

- 헨리 포드 -

내겐 너무 완벽한 직업

꼼꼼하고 계획성 있는 성향은 이 직업에 탁월한 장점이었다. 게다가 완벽주의의 노력형인 나는 신입 강사 시절부터 일타 강사 선생님들의 강의를 밤새도록 연구하고 벤치마칭하며 수업 준비를 했고, 심지어는 집에 커다란 칠판을 사두고 매일 강의 연습도 했다. 원래 어릴 적부터 글씨를 잘 써서 초등학교 때부터 줄곧 서기를 맡아 해왔기 때문에 판서는 쉬웠지만 하루에 몇 시간씩 강단에 서서 판서하다 보니 손목이며 허리며 목디스크며 만성 통증에 시달렸다. 그래도 하나라도 더 배우고자 하는 욕심에 사수 선생님들을 따라 밤낮 가리지 않고 주말까지 반납해가면서 각종 세미나에 참석하고, 서점에 꼭 따라다니며 어떤 교재를 살펴보시는지, 교재는 어떤 걸 중요하게 봐야 하는지 어깨너머로 배웠다. 티칭 노하우를 연구해서 원장님과 모든 강사 앞에서 30분씩 시범 강의를 했다. 학원 설명회 행사나 Speech Contest 때는 원장님의 지시로 덜덜 떨리는 가슴 부여잡고 진행을 맡았고, 학원 대표로 동영싱 촬영을 해서 홍보자료로 쓰기도 했다. 내향형인 내가 사람들 앞에 서는 것은 참 쉬운 일이 아니었지만 그래도 강사로서 일하는 보람과 즐거움이 더 컸기에 정말 잘 해내고 싶었다.

그렇게 무섭게 노력한 덕에 조금씩 인정받기 시작했다. 강사를 시작한 지 1년도 안 되어 초등부 영어과 팀장을 맡아 팀을 이끌었다. 팀장이 되니 연간, 월간, 주간 계획을 다 짜야 하고, 수업 계획과 시험 대비 보충 계획, 자료 준비도 다 내가 계획해서 지휘해야 했다. 협조적이지 않은 강사들도 일하게 만들어야 했다. 학원 일은 숨 가쁘고 힘들었지만, 평소에도 체계적이고 계획적인 나는 이 과정이 즐겁고 재미있었다.

다른 강사들은 칼퇴하기 바쁜데 나는 학원에 '내 이름'이 붙어있는 '내 강의실'이 너무나 좋았다. 그 공간에 있는 것만으로도 힐링이 되었다. 다른 사람들보다 일찍 오고, 늦게까지 머물다 퇴근했다. 이 공간은 오로지 나의 꿈을 펼칠 수 있는 내 공간이었다. 수업 종이 울리면 아이들이 내 강의실로 들어왔다. 나만을 바라보는 초롱초롱한 눈을 보면 무섭도록 책임감을 느꼈다. 내 앞에 앉아있는 이 아이들의 시간을 충실히 채워주어야 한다는 사명을 잊지 않았다. 더 열심히 했고, 몇 달 몇 년이 어떻게 지나는지도 몰랐다. 그렇게 훨훨 날았다. 내 강의도, 내 꿈도.

내 피 땀 눈물

그렇게 대형학원, 입시학원, 어학원 등을 몇 년씩 거치며 많은 노하우를 쌓았지만, 출산과 육아는 내게도 피할 수 없는 시기였다. 바쁜 남편은 얼굴 보기도 힘들었고 아이는 온전히 내가 돌보지 않으면 방법이 없었다. 강사로서 필드에서 뛰는 건 불가능했지만 일을 손에 놓고 싶지 않았다. 한창 아이가 어릴 때는 심지어 남편도 모르게 낮 시간을 이용해서 강의자료 만드는 재택근무를 하고, 수업 현장을 찍은 영상을 인터넷 강의로 올리는 작업도 하고, 우리말 동영상을 영어 자막 처리하는 업무도 해보았다. 재능 기부식 클래스도 기꺼이 진행했다. 온종일 육아에 시달리면서도 '내 일'을 그렇게도 이어가고 싶었다.

아이가 어느 정도 자라면서 다시 열정적으로 일하고 싶다는 욕망이 내 안에서 더 들끓었다. 이제는 '내 학원'을 운영하고 싶다는 생각이 꿈틀거렸다. 작게나마 내가 직접 학원을 운영해보면 어떨까 하는 생각만으로 가슴이 두근거려서 밤을 샜다. 그렇게 학원 창업, 1인 여성 사업 관련 정보와 책들을 몇 달간 모조리 읽었다.

내가 누구였던가. 체계적이고 계획적인 ISFJ답게, 하나씩 공부하면서 구체적으로 준비를 하기 시작했다. 아이를 재우고 나서 새벽 세 네시까지 책을 읽었다. 학원 운영, 여성 창업에 관한 책뿐만 아니라 브랜딩, 마케팅에 관한 책도 닥치는 대로 읽었다. 읽고 싶은 책이 근처 도서관에 없으면 차를 타고 한 시간을 넘게 가서라도 기어코 빌려보고, 주말에는 아이들을 남편이나 부모님께 맡기고, 각종 세미나와 교육을 찾아가 들었다. 좋은 무료 강의는 알람을 맞추어 놓고 선착순으로 재빨리 예약해서 참석했고, 관심이 가는 교육은 비싼 유료강의라도 돈을 아끼지 않고 무작정 가서 들었다. 사업을 하려면 블로그와 인스타는 필수라는 말에 인스타그램 아이디도 없던 내가 유료 강의까지 들으며 열심히 배우고 감을 익혔다. 그렇게 2년 넘게 나의 시간과 돈과 에너지를 다 쏟아 넣으니, 조금씩 알 것 같았다. 내 앞 길이 환하게 열려 보이는 것 같았다. 마치 모세의 기적처럼, 내가 가야 할 길을 탁 터 주는 느낌이었다고나 할까. 계획한 대로만 하면 틀림없이 잘될 것 같았다. 이제 내 예감 직감 육감을 믿고, 첫 발을 내딛을 차례였다.

1년 만에 1억 학원

교육사업을 하려면, 우선 아이들이 많은 곳에서 시작해야 했다. 전국에서 유, 초등학생 비율이 가장 높다고 손꼽히는 수도권 신도시로 이사계획을 세웠다. 이 지역은 전국에서 평균 연령대가 가장 낮은 편으로 신혼부부의 유입이 많고 영유아 비율이 전국 1~2위를 하는 지역이었다. 학원 사업을 하기에 최적이었다. 남편의 직장과는 거리가 멀었지만 주말부부까지 강행하며 아이들을 데리고 이사를 왔다.

집 정리가 채 되기도 전에 혼자 상가계약부터 인테리어, 소방공사, 교육청 허가 등 크고 작은 일들을 다 처리했다. 나름대로 강단 있는 성격이라 잘 울지 않는 편인데, 인테리어를 하면서만 세 번을 울었다. 준비과정은 여기에 말로 다 설명하지 못할 만큼 우여곡절이 있었지만, 가까스로 영어 교습소를 오픈했다.

코로나로 정상적인 운영이 제한되었던 시기라 오픈 설명회도 아예 불가능했다. 학원은 개원 설명회가 아주 큰 역할을 하는데, 그 기회를 아예 포기할 수밖에 없었다. 수업 허용 인원도 절반으로 규제되었다. 이미 상가에는 영어학원이 몇 개가 더 있었기 때문에 독과점 기회를 누릴 수도 없었다. 학원업계가 아주 힘든 상황이었지만 코로나 상황이 진정되기를 기다리며 묵묵히 내 자리에서 최선을 다해 내가 할 수 있는 모든 노력으로 정성을 다해 수업했고, 학부모님께도 학습 과정을 진정성 있게 피드백했다. 블로그와 SNS로 학원을 알리려고 부단히도 애를 썼다. 오전에는 출근해서 수업 준비하랴 낮에는 수업하랴 퇴근해서는 또 인스타 블로그 관리하랴, 학원 운영은 정말 강사 때와는 차원이 달랐다.

처음 6개월간은 그렇게 휴일도 없이 학원 출근을 했다. 그 노력 덕분인지 학생들은 계속 늘어났고 수업 운영에도 조금씩 변화를 주며 학원의 내실을 단단히 다지게 되었다.

오픈 6개월 만에 모든 클래스 정원 마감을 했고, 유치부 정원은 다섯 명씩 두 반으로 총 열명이었지만 대기가 서른 명이 넘었다. 정원이 다 찼는데도 끊임없이 입회 문의가 왔다, 학생이 친구를 데려왔고, 학부모가 다른 학부모를 데려왔다. 수업 중에도 꼭 여기에 아이를 보내고 싶다고 학원 문을 열고 들어오는 경우도 많았다.

때마침 코로나 거리두기와 방역지침이 완화되어 드디어 정상적으로 수업을 운영할 수 있게 되었다. 클래스 정원을 늘리고 반을 더 개설했다. SNS와 블로그를 통해 학원 소식을 지켜보시는 학부모님들이 많아서 신규 모집 글을 올리니 문의가 바로 왔다. 신설된 반도 모두 정원이 마감되었다. 몸이 열 개라도 모자랐지만, 몸이 열 개인 듯 일했다. 그저 신이 나서 열심히 했다. 그렇게 1년 만에 1억 학원 원장이 되었다.

엄마와 원장 사이

호기롭게 내 사업을 하겠다고 일을 벌였지만, 아직 초등학교 입학도 채 하지 않은 첫째와, 세 돌이 막 지난 둘째를 데리고 주말부부에 독박 육아를 하며 혼자 내 사업을 키운다는 건... 그야말로 노답이었다. 극심한 코로나 유행 시기여서 감기 낌새만 있어도 학교나 어린이집에 보낼 수 없었고, 맞벌이 가정이 극히 드문 지역이라 어린이집도 네 시면 다 하원을 했다. 수업을 마치고 일곱 시가 훌쩍 넘어 헐레벌떡 어린이집으로 달려갔을 때 혼자 남아서 현관만 바라보며 엄마가 오기만을 기다리는 둘째를 보고 눈물을 쏟은 적이 한두 번이 아니다. 어린이집과 학교, 학원에만 의지하면서 일을 해야 하는 나로서는 참 막막한 점이 많았다. 친정이 가까운 거리는 아니었지만, 도저히 방법이 없을 때는 친정엄마나 언니에게 아이들을 부탁하기도 했다.

아이들을 생각하면, 내가 일을 하는 게 맞나 하는 생각이 더러 들 때도 있다. 하지만 아이들과 시간을 많이 보내주는 것 대신, 열심히 일하는 엄마 모습을 보여주기로 선택했으니, 최선을 다해서 최고로 멋지게 일하는 엄마가 되리라 입술을 꽉 깨물고 다시 한번 마음을 먹는다.

오늘도 전쟁 같은 하루를 마치고 쌔근쌔근 예쁘게 잠든 아이들 얼굴 한 번 더 쓰다듬으며, 마음을 다잡아본다. "엄마가 더 열심히 할게, 미안하고 고마워, 사랑하는 우리 진진이."

안지원의 글

독서는 나의 힘, 나의 꿈

"내 소망은 내가 모든 것을 잃고

'나'만 남았다고 해도 사랑을 받고 싶은 것이다.

너는 내가 잃어버릴 수도 있는

모든 것을 잃어버린 나를 사랑하는가?

내가 영원히 가지고 있을 것들 때문에

나를 사랑하는가?"

- 《왜 나는 너를 사랑하는가》 (청미래, 2002)

알랭 드 보통

스물 셋, 세상 속에서의 나를 알아가기 시작했을 무렵이다. 그때의 나는 뒤늦은 사춘기처럼 사람 관계가 힘들었다. 사회에서 만난 친구들은 내 마음 같지 않았고 내가 마음을 쏟는 만큼 상대방은 내게 그 마음을 돌려주지 않았다. 이런 감정과 관계에 대해 복잡미묘한 괴로움을 겪기 시작했다. 괴로운 마음은 쉽게 다스려지지 않았다. 그때 우연히 집어 들었던 책이 알랭드 보통의 《우리는 사랑일까》(은행나무, 2005) 였다.

사실 제목만 보면 진부한 사랑 이야기가 전부일 것 같지만, 이 책은 심오한 철학책이다. 소설가이자 일상의 철학자로 불리는 알랭 드 보통은 이 책에서 인간 내면의 심리와 관계에 대해 철학적으로 풀어내었다. 냉소적이기까지 한 이야기가 처음에는 충격이었다. 무서울 정도로 내면을 파고드는 철학적 사유방식의 글에 매료되어, 단숨에 책을 읽어 내려갔고 알랭 드 보통의 모든 책을 한 권씩 독파했다. 대개는 《왜 나는 너를 사랑하는가》로 시작해서 《우리는 사랑일까》의 순서로 보통의 책을 접하는데, 나는 반대로 '역주행'을 했다. 모든 페이지마다 내 마음을 울리지 않는 구절이 없었다.

이제는 하도 여러 번을 봐서, 책의 어느 부분에 어떤 글이 있었는지도 알 수 있는 정도이다. 감정과 관계에 대한 명석한 글에 내 마음도 위로가 되었다. 아니 어쩌면 위로보다는 냉정함을 갖게 되었다고 해야 할까. 인생에서 크게 성장을 한 계기가 몇 가지 있다면 알랭 드 보통의 책을 읽게된 일을 빼놓을 수 없다. 내게는 보통이 아닌 보통이었다.

철학자처럼 생각해

알랭 드 보통의 《우리는 사랑일까》(은행나무, 2005), 《왜 나는 너를 사랑하는가》(청미래, 2002)가 사랑 이야기를 다루었다면 《불안》(은행나무, 2004)은 사람마다 가지고 있는 내면의 불안함을 다양한 관점에서 풀어낸 철학적 이야기다. 앞의 두 권 이후에 보통은 '믿고 보는' 작가가 되었다. 그런 알랭 드 보통의 《불안》이라니! 예민함과 불안함이 많은 나에게 이 책은 평생 소장각이었다.

한동안 《불안》을 늘 곁에 두고 살았다. 마음이 불안할 때는 그냥 아무 페이지나 펼쳐서 읽고 또 읽었다. 그것만으로도 큰 위로가 되었다. 알랭 드 보통의 글에 매료될수록 철학에 강한 호기심이 생겼다. 온라인 서점에 그를 관심 작가로 등록해놓고 모든 책을 섭렵했다. 그의 책을 정주행하고 그 뒤부터는 철학책을 읽기 시작했다. 더 심도 있게 공부하고 싶어서 철학과에 다시 입학할까 심각하게 고민하기도 했다. 가볍게 읽을 수 있는 철학 입문서부터 소크라테스, 비트겐슈타인, 세네카 등을 읽었다. 어려운 부분도 많았지만, 철학은 내 마음을 울리는 '한 방'이 있었다. 그 한방을 위해서 어렵고 어려운 글을 견디며 머리를 뜯으며 읽고 또 읽었다. 심 봉사 눈 뜨듯 큰 깨달음을 얻게 되는 순간은 벼락 맞은 것처럼 머릿속에 불이 환하게 비치는 느낌이었다.

그 어떤 것보다 철학이 정서적인 위로를 주었다. 마음이 힘들 때나 어려운 일에 부딪힐 때는 "철학자처럼 생각해! 세네카처럼 생각해!" 이 말을 읊었다. 유리 멘탈이었던 내가 조금씩 강인해져 갔다.

내 마음의 안식처, 도서관

독서로 지적 충족뿐만 아니라 정서도 충족되면서, 독서광 책벌레가 되어갔다. 원래도 잠이 없지만 조용한 밤에 책을 읽느라 더 잠을 안 잤다. 한 달에 책을 사느라 쓰는 비용만 해도 큰 지출이었다. 책을 구입해서 보는 걸 좋아하지만 어마어마한 독서량을 감당하기가 어려웠기에 도서관을 집처럼 드나들었다. 한창 놀기 좋아할 나이에 나는 도서관 죽순이가 되었다.

어릴 적부터 도서관이 잘 되어있는 도시에 살았다. 도서관에서 책을 빌려보고, 문화 체험에 참여하고, 다양한 동아리 활동도 했다. 도서관은 익숙하고 편안한 곳이었다. 마음이 답답하거나 하는 일이 잘 안 풀릴때도 무작정 도서관에 갔다.

서가마다 빼곡한 책들이 나를 압도했다. 빈틈없이 채워져 있는 그 많은 책을 바라보며 나는 아직 너무나 부족하고 배워야 할 것이 너무나 많다는 것을 받아들였다. 도서관은 내가 다시 힘을 낼 수 있게, 겸손할 수 있게, 꿈을 꿀 수 있게 나를 성장시켜주었다.

도서관 없이 못 사는 내가 결혼을 하고 남편을 따라 미군부대에서 7년을 넘게 살았다. 한국인이 거의 없고 철저히 미국인 위주의 지역이라 미국식 도서관은 있었지만, 한국도서관은 그 넓은 지역에 단 하나도 없었다. 처음 몇 달은 그럭저럭 지냈지만, 점점 독서 갈증이 해소가 안 되었다. 도서관 금단현상을 겪기 시작했다.

서평전문 블로거

어떻게 해서든지 책을 더 많이 읽고 싶은데 방법이 없을까 고민하던 중에 생각한 것이 '서평단'이었다. 서평단이란 신간이 나오면 출판사나 작가가 책을 직접 '집으로' 게다가 '무료로' 보내주고, 책을 수령 후에는 그저 열심히 책을 읽고 개인 블로그나 SNS에 서평을 남기기만 하면 되는 일이었다. 독서광인 나에게는 그보다 더 쉬운 일이 없었다. 독서 커뮤니티나 각종 블로그와 SNS를 통해서 서평단에 열심히 지원했다. 서평 이력이 없던 내가 처음부터 서평단에 채택되기는 어려웠다.

그래도 블로그를 조금씩 해두었던 것이 있어서 경쟁률이 높지 않은 책은 종종 서평단으로 채택되었다. 책을 받아보는 기쁨만으로 서평에 정성을 다했다. 꼼꼼하게 책을 읽고 사진과 글귀들을 발췌해 블로그와 온라인 서점 후기게시판에 몇 시간을 걸려 작성했다.

그렇게 내 블로그와 온라인 서점의 게시판에 '정성스러운' 서평이 쌓이게 되자, 서평단에 지원하면 어렵지 않게 뽑히게 되었다. 몇 개월, 몇 년을 그렇게 누적하다 보니 기존에 서평단 이력이 있던 출판사에서 먼저 서평 의뢰가 들어왔다.

특히 영어와 교육 관련 도서에 관심이 많아서 관련된 책들을 하나둘씩 지원받아 서평에 참여하다 보니 내 블로그가 어느새 영어교육 서평 전문 블로그가 되어 있었다. 지금은 학원 운영에 눈코 뜰 새 없어서 서평은 잘 못 올리고 있지만, 도서는 꾸준히 지원받고 있다.

내 가방에는 언제나 책이 한 권씩 들어있다. 휴일에도 아이들과 카페에 가든 여행을 가든 책을 꼭 가지고 다니고, 책이 없으면 불안할 정도로 책중독자가 되었다. 책만 있다면 뭐든 배울 수 있고 꿈꿀 수 있다. 평생토록 도서관에 드나들며, 좋은 책을 만나고 끊임없이 배우는 삶을 살고 싶다. 나는 오늘도 책을 읽으며 어제보다 성장하는 오늘을 살아간다.

안지원의 글

DREAM BIG

"세상에는 아직 내가 만나보지 못한 꿈들이,
소중한 인연들이 얼마나 많을까?
앞으로 얼마나 더 많은 꿈을 현실로 만들까?
얼마나 많은 삶의 기적을 경험하게 될까?"

- 《당신의 꿈은 무엇입니까》 (웅진지식하우스, 2012)

나는야 다능인

안(安) 지(芝) 원(垣). 유명한 작명소에서 작명한 내 한자 이름이다. 내 사주가 다양한 분야에 능력이 많고 특히 타고난 예술성이 강해서 삶이 평탄하지 않을 수도 있다고 하여, 예술적 사주를 억누르도록 작명했다. 내 사주가 정말 맞는 것인지 몰라도 어릴 때부터 음악이든 미술이든 뭐든 잘했다. 심지어 체육도 잘해서 초등학교 때는 달리기 릴레이 계주선수였다. 동요부 합창부에 뽑혔고 거기에서도 대표로 노래를 했다. 학교에서 그린 그림이나 도예부에서 만들었던 작품들도 전시되었다. 창의적인 활동 분야에 관심과 재능이 많다 보니 하고 싶은 것이 너무나 많았다.

언제나 새로운 것에 호기심이 많고, 활발히 습득하고, 시작만 하면 다 잘한다. 이런 종류의 사람을 다능인 즉 멀티 포텐셜라이트 라고 한다. 에밀리와프닉의 《모든 것이 되는 법》(웅진지식하우스, 2017)에 의하면 멀티(multi) 포텐셜(potential) 라이트(lite)는 많은 관심사와 창의적인 활동 분야를 폭넓게 아우르는 사람을 말한다. 다능인은 변화하는 세상과 환경 속에서 빠르게 적응하고 학습하며, 문제 해결과 소통에 능하며 팀을 능숙하게 이끄는 능력이 있다. 화가이며 수학자이며 발명가인 레오나르도 다빈치, 의사가 될 뻔한 철학자 아리스토텔레스, 발명가이며 정치가인 벤저민 프랭클린 같은 사람들이 다능인이다.

다 해내고 싶은 나

관심이 생긴 분야는 꼭 배워야 직성이 풀리고, 정점을 찍을 때까지 해내고야 마는 근성이라 집요하기까지 할 정도로 끝까지 한다. 뭐 하나 시작할 때 나 자신도 겁이 날 정도다. '아, 이번에는 또 어디까지 해야 만족하려나?' 나도 내가 걱정일 때가 있다. 그래도 뭐든 배우는 것을 좋아하고 한 번 배우면 또 전문가급으로 하는 성격이라 여기저기에서 요긴할 때가 많다.

학원 강사를 하면서 홈페이지에 글을 올리거나 각종 서식을 만들 일이 많았는데 이왕이면 좀 더 예쁘게 잘하고 싶어서, 반년 동안 컴퓨터 학원에 다니며 웹디자인 과정을 마스터했다. 포토샵부터 일러스트, 홈페이지 제작 등 기본적인 디자인 툴을 다 사용할 수 있어서 지금도 정말 많은 도움이 된다. 요즘에는 포토샵이나 일러스트 대신에 기본적으로 편집이 되는 디자인툴이 너무나 쉽고 편리하게 잘 되어있지만, 모든 툴의 근본은 포토샵, 일러스트의 방식에서 고안되어 만들어졌기 때문에, 기본을 알고 있는 자체가 정말 큰 힘이다. 학원 운영을 하면서 현수막이나 배너 디자인도 직접 하고, 전단지 디자인도 내가 다 한다. 워낙 남에게 맡기는 것을 못하는 성격이기도 하지만, 내가 원하는 대로 뚝딱 만들어낼 수 있다는 건 큰 경쟁력이다.

한동안은 아이들과 우리 가족이 먹을 간식을 직접 만들고 싶어서 베이킹에 빠져 밤새 오븐을 돌리기도 했다. 가족들의 생일에는 직접 케이크를 만들고 특히 아이들이 직접 주문하는 대로 공룡 케이크, 공주 케이크 등 원하는 대로 대령한다. 빵을 배웠으니 떡을 섭렵하기 위해서 떡 공방 창업 과정까지 이수했다. 기본적인 설기에서부터 찹쌀떡, 증편, 퓨전 떡까지 뚝딱 만들어 낼 수 있고, 앙금 꽃 떡케이크 과정도 지도자 수준으로 마스터했다. 유명한 떡공방 스승님께서는 나처럼 빠르고 완성도 있게 배우는 사람은 처음 봤다며 동업을 권하기도 했다.

토탈 공예 전문가 1급 자격도 취득했다. 토탈 공예는 한 가지의 공예 분야에 치우치지 않고 다양한 공예 활동을 체험할 수 있도록 입체적 사고와 멀티 커리큘럼으로 구성된 종합공예이다. 냅킨 공예, 리본 아트, 도자기 페인팅, 석고 방향제, 플로리스트 과정을 이수했고, 바느질도 좋아해서 십자수, 프랑스 자수, 동양자수, 유럽 자수를 외국 서적까지 구매해 가며 수를 놓았다. 우리 집 곳곳에는 내가 직접 놓은 자수로 꽤 장식되어 있다. 손바느질도 좋아하지만, 스케일이 조금 커지는 것은 미싱으로 해결한다. 미싱도 독학했지만 단순 수선부터 옷이나 가방까지도 만드는 수준급이다. 내 손에서 탄생한 작품들은 크건 작건 세상에 하나밖에 없는 유니크 아이템이라는 생각만으로 그 어떤 명품보다도 더 애정이 담긴다.

Dream Big

이렇게 다양한 분야에 관심이 많은 나는 딱 한 가지 직업만 골라서 세상을 살아가기에는 너무 하고 싶은 것이 많다. 그래서 다능인의 경우에 한 직장에서 오래 일하거나 한 가지 직업을 오래 가지고 하는 일이 어렵다고 한다. 다능인의 장점은 최대한 살리되, 단점은 잘 극복해야 하는 숙제를 두고 있다.

이 성격을 알고 선택한 직업은 아니지만 나는 대학 졸업 후 줄곧 아이들을 가르치는 일을 해왔고, 이제는 영어 교습소 원장으로 경영까지 하고 있다. 사실 이 일이야말로 '다 해내는' 능력이 아주 필요한 일이다. 수업은 당연히 잘해야 하고, 미적 감각도 있어야 하고, 컴퓨터도 잘해야 하며, 블로그 SNS도 필수이며, 사진도 잘 찍어야 한다. 영어 쿠킹 수업이나 Craft(공예)수업을 할 때는 나의 숨겨둔 실력을 아낌없이 보여준다. 본캐인 것 같은 부캐로 각종 행사 때마다 교실도 예쁘게 꾸미고, 아이들과 함께 할 활동들도 기다렸다는 듯 즐겁게 준비한다. 학원가에서는 학원 원장을 '만능 종합 예술인' 이라고 하는데, 딱 나를 두고 하는 말 같다.

내 나이 이제 서른아홉, 하고 싶은 일이 너무나도 많다. 꿈꾸기에 딱 좋은 나이 아닌가. 나에게 주어진 보물 같은 날들에 감사하며 나의 일과 삶을 사랑하고 늘 성장하는 삶을 살고 싶다. 매 순간이 꽃길일 수는 없겠지만 힘들고 어려운 자갈길도 묵묵히 버티어 내며, 삶을 사랑하고, 따뜻한 사람으로 혹은 뜨거운 사람으로 나에게 주어진 인생을 감사히 살아가고 싶다.

오늘도 꿈꿀 수 있다는 사실만으로 감사하고 행복하다. 이 글을 읽는 모든 이들이 어제보다 멋진 오늘을 살고 더 아름다운 내일을 꿈꾸며 행복하길 바란다.

안지원의 글

내 나이 이제 서른아홉, 하고 싶은 일이 많다. 꿈꾸기에 딱 좋은 나이 아닌가. 나에게 주어진 보물 같은 날들에 감사하며 나의 일과 삶을 사랑하고 늘 성장하는 삶을 살고 싶다. 매 순간이 꽃길일 수는 없겠지만 힘들고 어려운 자갈길도 묵묵히 버티어 내며, 삶을 사랑하고, 따뜻한 사람으로 혹은 뜨거운 사람으로 나에게 주어진 인생을 감사히 살아가고 싶다.

매 순간을 배움으로 채우며 살아가는데
더 좋은 것만 보고
더 좋은 생각으로 더 좋은 것을 배우면서
살아가는 게 좋겠습니다.

2부

어느 어른의 갓생 이야기

삶이 힘들 때 책부터 읽자

일단 책부터 읽자.
삶이 힘들 때일수록 책을 읽어야 한다.

10분이라도 책 읽는 습관을 만들어야 한다.
책 속에 길이 있다.

어디를 둘러봐도 책을 읽지 않고
크게 성공한 사람은 없다.
성공한 사람들은 모두가 책을 읽고 일기를 쓴다.

책을 읽고 한 줄 글이라도
쓰는 사람은 0.1%도 안 된다.

95%의 사람들은 성공 습관을 실행하지 않기에
성공하기가 어려운 것이다.

온갖 핑계를 만들어 내어
포기하는 사람이 95%라니 해 볼 만하다.

책읽기를 하면 남들보다 훨씬 앞서 갈 수 있다.

그냥 사는 1년과 책읽기로 사는 1년은 크게 다르다.

자기계발이나 동기부여 되는 책읽기를
매일 10분부터 시작해서 읽기습관을 만들자.

항상 잘되는 사람들은 이렇게 한다

뭘 해도 잘되는 사람들이 있다.
그들은 복잡하지도 않고 이유가 많지도 않다
간결하다.

허풍떨지도 않고 화내지도 않고
쓸데없는 말을 많이 하지도 않는다.

항상 자신을 가지런히 한다.
자신을 관찰하고 수정해 나간다.
작은 일도 꼼꼼히 해낸다.

체중관리도 철저히 한다
늘 봐도 체중에 변화가 없다.

운동이 생활화되어 있다.
음식을 탐하지 않는다.

6시 전에는 일어나 아침 루틴을 실행한다.
어느 것에도 치우치지 않고
철저히 중도를 지킨다.

성공한 지인들을 보면서 간추린 몇 가지이다.
그들은 항상 간결하고 평온하다.

"반성은 하되 후회는 하지 말자."

건강관리도 능력이다

체력관리도 능력이다.
성공으로 가는 길에는
체력관리를 우선적으로 실행해야 한다.

체력을 잘 관리해서
언제나 좋은 컨디션으로 만들어 놔야 일도 잘할 수 있다.

회사를 운영하듯이
자신을 운영하는 중요한 덕목이다.

성공하기 위해 열심히 정진하다 보면
젊음을 믿고 건강을 소홀히 할수도 있지만
이는 자신을 잘 경영하지 못하는 것이다.

모든 것을 다 가져도 건강을 잃으면
다 잃게 된다는 것 쯤은 모두 알고 있다.

알고 있으면서도 자칫 소홀하기
쉬운 부분이 건강관리이다.

체력은 자신의 재산 1호이다.
보물인 내 몸을 운동으로 관리하며
운영을 잘하는 능력자가 되어야 진정한 승리자이다.

"발이 의사다. 당장 나가서 걷자."

불평이 많은 사람들의 인생은 고달프다

불평이 많은 사람들의 인생은 고달프다.
유인력의 원칙에 의해
비슷한 것끼리 잡아당기기 때문이다.

내가 불평을 하면
내 인생은 쓰레기들을 끌어 들이고 있는 것이다.
불평할 때마다
세상에 나쁜 것을 빨아들이는 흡입기가 된다.

부정적인 에너지는 전염성이 크다.
불평 많은 사람들과는
되도록 멀리 떨어져 있는 게 상책이다.

불평 많은 사람들 근처엔 절대 가지말자.
피할 수 없는 상황이라면 강철보호막이라도 쳐야한다.

자신이 불평하고 있다면 14일의 기적을 실행해 보자.
14일간 절대로 불평을 하지 않겠다는 생각으로
자신과 약속하고 불평하지 않는 14일을 지내보자.

불평하지 않는 것만으로도 삶이 수월하고 편안해진다.

" 이 세상에 불평하는 부자는 없다."

인생 다 끼어드는 것이다

우리는 준비 없이
이 세상에 태어나 끼어들어 살고 있다.

이제 꿈을 향해 끼어들어야겠다.
내가 원하고 내가 좋아하는 삶으로 시작하는
끼어드는 날이 필요하다.

조금씩 성장하면서 공부하면 내 꿈은 셋팅된다.
끼어들기는 탄생하는 것만큼 잘한 일이 될 것이다.

일단 뛰어들어가 지속하면 내 것이 된다.

언제든 필요할 때 끼어들 용기를 내자.

나를 사랑하면서 나만의 속도로 배워간다면
가치 있는 곳으로 끼어들 수 있을 것이다.

포기하지 말고

끝까지 자신을 위해 길을 열어라.

근거 없는 말에 놀라지 말고

다른 사람 말에 흔들리지 마라

- 괴테 -

잠시 멈추고 생각하는 시간은 어떤가

많은 것이 늘 더 좋은 것은 아니다.
한꺼번에 많은 일을 처리하고 계획하다 보면
마음도 분산되고 불필요한 분주함이 생긴다.

바쁜 일상 속에서 잠시 걸음을 멈추고 생각하자.

조용하고 차분해져야
머리도 맑아지고 올바른 사고를 할 수 있겠다.

사고하는데 서툴면서 바쁘기만 한다면
아무리 열심히 해도
좋은 결과를 낼 수 없다.

잠시 멈추고
조용히 생각할 시간을 가지면
번뜩이는 좋은 아이디어가 자동으로 떠오를 것이다.

하루에 한 번은 하늘을 올려다보며
하늘과 대화하는 것도 좋겠다
'그곳에 계셔서 감사합니다'라고.

열정으로 성공하지 않을 것은 없다

우리는 열정을 통해 성취감을 얻는다.

열정은 함께하는 사람들에게 옮겨간다
열정은 반드시 전달 되어
힘든 사람들을 함께 이끌어 간다.

열정이 넘치는 사람만이
앞으로 나아갈 수 있고 위로 올라가기도 쉽다.

열정으로 가득하면 생기가 넘치고 의욕도 충만해진다.

일상생활과 업무에도 열정으로
언제나 미소와 활기를 잃지 말아야 한다.

열정으로 만들어진 자신감과 강한 의지로
주변의 모두에게 칭찬을 건네 보자.

시간이 흐르면
그 열정은 상상했던 것보다 훨씬 큰 보답으로 올 것이다.

"열정은 마음의 온도이다
첫째도 둘째도 셋째도 열정을 유지하자."

힘들었던 경험은 인생에 재산이지

힘들었던 경험은 인생의 재산이다.
힘든 시간에 사람은
절실한 마음이 되어 깨달음을 배운다.

어리석은 사람은 그 시간을 원망으로 바꾸고
현명한 사람은 자산으로 만든다.

많은 어려움을 겪을 때
그것을 삶의 초석으로
만들어 갈 수 있는 지혜를 쌓아야 한다.

제대로 힘들었던 상황을 경험해본 사람은
절대로 좋은 기회를 놓치지 않는다.
실패한 경험의 가치는 엄청나게 크기 때문이다.

굴절 없는 삶은 느슨해지고 자만하기 쉬운 반면
실패하고 힘든 경험을 해본 사람은
경험에서 얻은 지혜로 과감히 맞설 수 있다.

고난을 겪으면서
어려움을 견디어 낸 의지는 더욱 강해지고
생각은 한층 깊어진다.

역경에 처하고 불행하다고 생각할수록
강력한 투지와 열정으로 나아가자.
전사가 되자.

의지력을 제대로 발휘하려면

의지력을 최대로 발휘하려면
의지력과 싸우지 말자.

의지력은 생겼다가
사라질 수 있다는 사실을 알자.

의지력을 사용했다면
다음 일을 위해 재충전을 해줘야
의지력이 다시 생성된다.

의지력은 대단히 힘이 세지만
구미가 당기는 일에 저항할 때마다
조금씩 소모되기에 의지력의 수위를 조절해 줘야 한다.

의지력도 핸드폰의 배터리처럼 가득 찬 채로 시작해서
쓸 때마다 남은 양이 줄어드는 모양새다.

의지력의 수명은 정해저 있기에 무한정 공급되지 않는다.
충전이 필요하다.

그러므로 하루의 일 중에서 가장 중요한 일에
강한 의지력을 쏟는 것이
성공의 비법 중 하나이다.

의지력과 싸우지 말고
의지력이 떨어지기 전에
중요한 일 한 가지를 먼저 해내자.

의지력은 하늘로 승천할 것처럼
생겨났다가 연기처럼 사라져
의지력 없는 사람으로 풀이 죽게도 하는 마술을 부린다.

의지력의 작동원리를 관리하면서
의지력을 최대한 발휘할 수 있게 잘 관리를 해줘야겠다.

의지력~너~~~!!!

한 번에 한 걸음씩은 영원한 진리다

하루라는 시간을 투자해 최고의 성과를 얻고 싶다면
의지력이 떨어지기 전에
가장 중요한 일 한가지를 우선 먼저 해내자.
한 번에 한 걸음씩은 영원한 진리다

한 걸음씩 작은 초점부터 시작하자.

완전히 성숙한 결과를 처음부터 가질 수 없다
크게 생각하되 작게 시작하는 것 말고는 다른 방법이 없다.

성공을 목표로 할 때
중간 과정을 건너뛰고 결론에 이를 수는 없다는 것이다.

성과는 매일 매주 매달 이어지는 초점이 모아질 때
속도가 일어나게 된다.

나의 목적과 우선순위를 믿고 실행해 나갈 때만
이겨낼 힘이 생긴다.

후회되지 않는 삶을 살기 위해
한 걸음씩 가는 당연한 진리를 잊어서는 안 되겠다.

매 순간을 배움으로 채우며 살아가는데
더 좋은 것만 보고 더 좋은 생각으로
더 좋은 것을 배우면서 살아가는 게 좋겠습니다.

배움으로 가득한 세상에서는
누구나 자신만의 창조적인 삶을 살아가는 것입니다.

배움으로 나만의 독창적인 삶을 사는 즐거움을
만들어가 봅시다.

"당신은 보이는 것보다 훨씬 큰 존재입니다."

내 안의 생각을 자유롭게 표현해 볼까

내 나이는 67세다.

나이가 많으면 입은 닫고 지갑을 열라고 하는데
호기심이 많고 배우고 싶은 것도 많아
자꾸만 말을 많이 하고 참견하고 싶어진다.

얼굴에 주름은 어쩔 수 없지만
그래도 그렇지 세월님 너무하는 거 아니냐고요.

점점 일그러지는 얼굴이라니
포기하고 내려놓고
또 포기해도 일그러지고 있다.

어플로 사진을 찍지 않으면
내 모습을 내가 보기가 민망스러워
누가 볼세라 지워 버리고 만다.

운동을 소홀히 하면
무릎이 시큰거리는 건 기본이고
어깨 눌리고 체력 달리는 건 옵션이다.

게다가 자식들은 대화에 끼워 주지 않는다.
엄마의 말은 잔소리라 생각하나 보다.

그간 살아오면서
잔소리를 얼마나 많이 했으면 그럴까 싶다.
아주 각인된 것이다.

내 안의 생각을 쓰다보니 참 재미있다.

속마음 쓰기 챌린지를 하면 재미있을 것 같다.

요즘 대세인 쳇gpt로 블로그 쓰기도 해야 하고
제페토 옷 만들기 해야 한다.
할 일이 많아 오늘은 여기까지 이만 총총해야겠다.

그래도 인생은 아주 아주 재밌다
재미있는 하루를 또 시작한다.

"힘들수록 더 환하게 미소 짓자.
스마일은 세계를 제패한다."

소중한 사람에게 예쁘게 말하자

소중한 사람에게 예쁘게 말하자.

가깝고 소중한 사람들은 자주 보고 많이 알고 함께 하니까
예쁜 모습이 아닐 때도 있다.

기분대로 말을 꺼내 버리면
그 말에 먼지까지 끼어 들어와 복잡한 상황이 되어 버린다.

예쁘지 않은 말을 마음에서 지워버리고
예쁜 말만 내어놓는 것이 훨씬 이로운 일이다.

모두 자신의 자리에서 최선을 다하고 살고 있다.

살아가는 일이 녹록지 않으니
애쓰고 사는 소중한 사람들에게
예쁘게 말하기를 명심해야겠다.

"매일 감사합니다"를 300번 하면서
마음과 뇌를 예쁜 말로 채워놔야 한다.

그래야 툭하고
무심코 던진 말도 예쁘게 할 수 있다.

감사합니다! 덕분입니다!

행복한 일상 속에 있더라도

행복한 일상 속에 있더라도
노력을 잠시 놓아 버리면 삶은 한순간에 무너질 수 있다.

목표를 이루어 내는 일보다 중요한 것이
일상의 고난을 이겨내는 힘이다.

고난을 이기려면
살아내야 할 이유를 명확히 알아야 한다.

스스로를 믿고 자신을 귀하게 여기며
소소한 행복을 즐겨야 한다.

무엇이든 하찮게 여겨서는 안 된다.

명심하자.
평화로운 지금 이 순간만이
모든 일이 잘 되어 가고 있다는 증거이다.

언제나 평화롭기를 노력해야겠다.
기분이 우울하면 과거에 사는 것이고
불안하면 미래에 사는 것.
평화롭다면 지금 이 순간을 살고 있는 것이다.

내 것인 줄 알았으나 받은 모든것이 선물이었다

-《이어령의 마지막 수업》(열림원. 2021)

어느 어른의 갓생 이야기

어른의 갓생 이야기이다.

mkyu 열정대학생이면서
온라인 커뮤니티 챌린지를 하며
온라인에서의 삶을 더 중요하게 여기는 생활을 한다.

챗GPT를 배우며 ai 그림도 그려본다.
웹3.0 시대를 살아가는 사람들과 함께
새로운 것을 공부하기를 즐긴다.

제페토를 하며 옷을 만들어 파는 일도
배워서 할 수 있게 되었다.

메타버스 NFT 가상자산을 받기도 하고
유튜브도 시도하고
인스타그램 1일 1피드 하면서
5000 팔로워 달성하기도 했다.

블로그에 글쓰기 챌린지도 시작했다.
북클럽도 함께하고, 오프라인 모임도 한다.

이것이 말이 되는 일인가.
이렇게 적어 놓고 보아도
무슨 소리인지 알 수 있는 사람이 많지는 않을 것 같다.

이것이 67세 노인의 생활이다.

그런데 어른의 갓생을 사는 그는
그런 시간들이 새로운 인생이어서 즐겁고 재미있다

충분히 따라가지 못한다고
자신을 안타까워하며 재촉하기도 한다.
4~50대들과 같은 생각으로 보람되고 바쁜 일상을 보낸다.

가보니 있는 세상이다
안 가 봤으면 어쩔 뻔했나.

오프라인 세상에서 바라보면
온라인 세상이 꿈의 세계 같다.

하지만 그는 이제는 그것에 익숙해져 있다.
그곳에서 돈도 벌 수 있단다.

web 3.0 세상에서 건강한 소통을 하면서
즐겁게 열심히 재미있게 살아가려는
어느 어른의 갓생 이야기이다.

지금은 여행 중이다.

*챗GPT : 오픈AI, 대화형 인공지능

"세상은 절대로 뒤로 가지 않는다."

사랑이냐 아니냐

사랑은 줄 때도 받을 때도 기쁜 마음으로 주고받아야 한다.
사랑을 주고서 돌려주지 않는다고
화를 내는 것은 사랑이 아니다.

기쁘게 주고 돌려받을 마음을 갖지 않아야 사랑이다.
사랑을 주고서 미워할 거면 차라리 주지 않는 것이 좋다.

사랑에는 독이 없어서 주거나 받을 때
미안하거나 찜찜할 일이 없다.

사랑은 기쁘게 주고 자신이 감사하면 그뿐이다.
사랑에 계산을 담으려면 주지도 받지도 말자.

줄 때는 사랑만 담아 기쁘게 줘야
서로의 관계에 축복이 담기게 된다.

"희생은 화를 담은 바구니다."

일어나는 모든 일은 다 좋은 일이다

우리의 있는 그대로 모습은 너무나 아름답다.

과거의 고통을
미래에 투사하지 말아야겠다.

불필요한 생각과 감정을
내려놓는 연습을 해야한다.

우리가 매일매일을 살아가면서
힘든 일보다 기쁜 일들이 더 많이 일어나고 있다.

그것들을 고통의 포장지에서 꺼내야 한다.

끝도 없이 낡고 왜곡된 생각 감정을 버리고
귀한 우리의 모습 그대로를 바라봐야겠다.

사랑 가득한 우리 현실을 바라보기로 하자.
더 좋은 일이 올 것이고 하는 일마다 잘 될 것이다.

감사하면 좋아하는 일을 하고
원하는 환경에서 살게 된다.

양옥희의 글

2000개 영상을 만든 이후

퍼스널 브랜딩이 필수가 된 요즘. '나'라는 사람을 세상에 알리자 누군가가 나를 찾아왔다.

2018년 2월 8일, 스물여섯 평범한 직장인으로 살고 있던 나는 한 플랫폼에서 활동을 시작했다. 약 5년 동안 나의 일상이 담긴 간단한 영상을 꾸준히 올렸다. 처음에는 그냥 재미있어서 영상을 만들었고, 별다른 생각이 없었다. 초기에는 영상을 많게는 하루에 다섯 개 이상, 적게는 한 달에 10개 이상 올렸다. 콘텐츠를 만드는 동안, 시간 가는 줄 몰랐다. 지금까지 약 2000개의 영상을 제작했다. 동영상으로 인해서 4만 2천여 명의 팔로워가 생기고, 20만 개의 '좋아요'를 받았다. 비록 다른 크리에이터들에 비해 많은 수의 팔로워는 아니지만, 내게는 한 분 한 분이 모두 소중하다. 그들은 특출난 점이 없는 지극히 평범한 나에게 새 숨을 불어주었다.

나를 있는 그대로 바라보고 지지해주는 사람들도 생겼다. 한국을 포함해 일본, 러시아, 베트남, 터키, 미국 등 다양한 국적의 팬이 생겼다. 영어를 잘하지 않지만, 감사한 마음을 전하기 위해 가끔 라이브 방송으로 사람들과 소통하는 시간을 보내기도 했다. 사람들과 이야기할 때가 많았지만, 가끔은 그림을 그리거나 모바일 게임을 같이했다. 21년도에 그 플랫폼에서 1위를 달리고 있던 크리에이터들의 기획사인 MCN(Multi Channel Network) 소속사 대표님의 러브콜로 크리에이터로서 계약을 맺었다. 생각하지도 못한 일이었지만, 덕분에 설레는 마음으로 다른 세계에서 새로운 경험을 했다.

사람들 앞에 잘 나서지 않는 성향이라 주로 혼자 촬영했는데, 소속사에 들어가서 다른 크리에이터들과 함께 촬영할 기회도 생겼다. 평범한 일반인이지만 협찬과 광고도 해보고, 의류 및 패션 관련 브랜드 이벤트에서 모델로 선발되기도 했다. 22년도에는 파트너 크리에이터로 선정되어 좀 더 많은 활동을 했다. 감사한 일들의 연속이었다. 그뿐만 아니라 TV를 잘 안 보는 나에게 트렌드를 접할 수 있는 소통의 창구도 되어주었다.

사실 나의 강점을 살려서 새로운 일을 만들어보고 싶은 마음에 MCN 대표님과 다짐하고 소속사에 들어갔다. 하지만 다른 일을 하면서 크리에이터로 활동하기는 쉽지 않았다. 틈틈이 시간을 내서 무언가 기획하려고 발버둥을 쳤지만, 내용을 공유하기에는 턱없이 부족해 보였다. 대표님께는 죄송하지만, 지친 체력으로 집에 돌아오면 아무것도 손에 잡히지 않는 날이 많았다. 일주일에 두 개의 영상을 겨우 올린 적도 손에 꼽으니 말이다. 하지만 앞으로 나를 브랜딩하는 시도는 계속할 것이다.

내가 지금까지 활동을 이어 올 수 있던 원동력은 나를 응원하는 분들과 사람들의 보이지 않는 연결고리가 있었기 때문이다. 특히 다른 크리에이터들의 영상을 보면서 같은 소속이라는 이유로 오프라인에서 얼굴 한번 본 적 없는 사람들도 친근하게 느껴졌다. 길 가다가 마주친다면, 나도 모르게 스스럼없이 인사를 할 것 같다. 보이지 않는 끈의 힘은 생각보다 크다.

세상을 혼자 살아갈 수는 없다. 누군가에게 도움을 주고받기도 하는 것이 삶이라 느꼈다. 빠르게 흘러가는 현대사회에서 가만히 있으면 존재감이 없어지는 것은 시간문제다. 사회에 나온 이후에는 내가 움직이지 않으면 세상이 멈춰있는 듯한 느낌을 받았다. 내가 아무 일도 벌이지 않는데, 무슨 이벤트가 생기길 바라는 것은 욕심이었다. 내가 나를 알리지 않으면 묻혀버리기 쉬운 세상이다.

SNS가 발달한 요즘에는 나를 적극적으로 홍보할 수 있다. 더 많은 기회를 만들고 싶다면, 고민하지 말고 있는 그대로의 나를 알려보자. 어떤 방식이든지 나를 알리는 것이 중요한 이유는 내가 좀 더 잘할 수 있는 분야에서 도전할 기회가 생기기 때문이다. 그 기회는 주변에서 올 수도 있지만, 외부에서 우연히 찾아올 수도 있다. 다양한 일을 해서 경험의 폭이 넓어지면, 하고 싶은 것을 좀 더 빨리 찾을 수 있을 것이다. 당장 내일 지구 반대편에서 당신을 찾는 연락이 올지도 모른다. 기회는 준비된 자에게 오는 법이다.

전지영의 글

시조새입니다

나는 시조새이다.

1년 동안 꾸준히 새벽에 일어나서 시조새가 되었다.

'시조새?' MKYU에서 활동하는 분이 아니라면 갸우뚱했을 것이다. MKYU는 온라인 지식 교육 플랫폼이다. 이곳은 공부로 꿈을 이루고자 하는 사람들이 모여 있는 커뮤니티이다. '시조새'라는 말은 22년도 MKYU에서 진행한 미라클모닝 514챌린지에서 사용되었다. 514챌린지는 1월 1일을 시작으로 매달 1일부터 14일 동안 새벽 5시에 기상하는 프로젝트이다. 1월부터 12월까지 1년간 빠짐없이 참가한 사람에게 시조새라는 타이틀을 준다. 지식백과에 따르면 시조새는 '쥐라기에 생존한 조류의 선조. 조상새'를 뜻한다. 1월 첫날부터 챌린지에 빠짐없이 참여해서 붙여진 별명이다.

514 챌린지 하는 날은 MKYU에서 유튜브 실시간 라이브를 진행한다. 나는 매달 14일 동안 새벽 라이브에서 김미경 학장님을 만났다. 학장님은 삶에 동기부여 되는 이야기와 인생에 도움이 되는 주옥같은 말씀을 해주셨다. 말씀이 끝나면 각자 원하는 목표를 향해 공부 시간을 가졌다.

매달 챌린지를 시작하기 전에는 한 개의 서약서를 작성하고 공유했다. 나와의 약속도 있지만, 다른 사람들에게 나의 목표를 공개함으로써 더 지켜야겠다는 책임감이 생겼다. 사람들과 함께 한 덕분에 1월 영어 공부를 시작으로 독서, 운동을 꾸준히 할 수 있었다. 혼자 했더라면 나의 다짐은 작심삼일로 아무도 모르게 사라졌을 것이다. 커뮤니티의 힘은 대단했다.

그 이후 나는 MKYU에서 활동할 때 '시조새'라고 소개한다. 커뮤니티에 30~60대 연령층이 많아서, 30대 초반인 나를 보시고 젊은 사람이 대단하다고 말씀해주신다. 나는 다른 분이 시조새라고 소개할 때면 '꿈에 대한 열정이 가득한 분이시구나.' 마음속으로 생각하게 된다. 최소한 1년 동안 자신을 위해 끊임없이 무언가 실행한 성실한 사람이라는 사실을 알기에 좀 더 친근하게 느껴졌다. 시조새라는 타이틀은 사람들과의 연결고리를 단시간에 강하게 만들어 주었고, 나를 좀 더 편하게 소개할 수 있는 단어가 되었다.

새벽에 눈 뜨다

이렇게 시작한 새벽 기상은 나에게 또 다른 삶을 만들어 주었다. 어느 날 나는 새벽 기상 챌린지 참여자 대상으로 '미라클 모델'을 선발하는 이벤트를 보았다. 이벤트 내용을 보고 오랜만에 의욕이 솟아올랐다. 일상에 지쳐 있던 나에게 도움이 될 것 같았다. 용기 내어 도전해보고 싶은 마음에 지원서를 제출했다. 며칠 뒤 이벤트 관계자로부터 당첨되었다는 연락을 받았다. '미라클' 그 자체였다. 새로운 도전을 할 마음에 뛸 듯이 기뻤다. 290명의 지원자 중에 10명 선발했다는 이야기를 촬영 후에 전해 들었다.

22년 7월 26일 나는 촬영장소에 갔다. 미라클 모닝을 하면서 오프라인 활동을 처음으로 했다. 전국 각지에서 모였고, 하는 일도 다양했다. 일반 화보 촬영이 아닌, 모델로 선발된 사람들 각자의 성향에 맞게 컨셉을 기획해주셔서 스토리가 담긴 촬영이 되었다. 열정적으로 살아가는 사람들을 직접 만나는 소중한 시간이었다. 삶을 주체적으로 살고자 하는 사람들이 모인 커뮤니티여서 그런지 존경스러운 분들이 많았다. 촬영장 분위기는 밝고 에너지도 넘쳤다. 그때의 좋은 인연으로 지금도 연락하며 지내는 분도 있다. 나는 일찍 일어나서 하고 싶은 일을 했을 뿐인데, 좋은 기회가 연이어 생겼다.

사실 나에게는 새벽에 눈을 뜨는 것부터 큰 과제였다. 잠이 많은 편이라 일찍 일어나는 것이 힘들었다. 북극곰은 겨울잠을 자지만, 나는 사계절 동안 잘 수 있을 정도로 잠이 많다. 게다가 잠은 왜 그리 깊이 드는 걸까. 알람 소리도 잘 못 듣는다. 아침에 못 일어날까 봐 알람용으로 스마트워치를 구매했다. 그나마 손목시계 알람은 팔에 진동이 느껴져서 눈을 뜰 수 있었다. 그래도 불안해서 항상 알람을 세 개 이상 맞춰두고 잠자리에 들었다.

새벽 기상을 시작한 초기에는 잠을 충분히 자지 못한 날이 허다했다. 생활 패턴이 바뀌어서 적응할 시간이 필요했다. 보통 일을 마치고 집으로 와서 저녁 식사를 하면 하루가 끝났다. 조금이라도 나만의 시간을 가지려고 책을 읽거나 공부를 하는 날에는 깊은 밤이 KTX처럼 빠르게 찾아왔다. 그래도 새벽에 일어나겠다는 약속을 깨고 싶지 않았다. 며칠은 일을 마치고 집으로 돌아오자마자 침대에 뻗어서 그대로 몇 시간을 잤다. 가끔 충혈된 눈으로 사람들을 만나면, 눈에서 피가 나는 것 같다고 괜찮냐는 소리도 들었다. 몇 번의 시행착오 끝에 나는 새벽 기상에 최적화된 수면시간을 찾았다. 저녁에 빨리 잠들면 아침에 일찍 눈이 떠졌다. 당연한 얘기지만, 실행에 옮기는 데 몇 달이 걸렸다.

하지만 원래 기상 시간보다 두 시간 일찍 일어나서 무언가에 몰입하는 그 시간에 중독되었다. 물론 사람마다 자신에게 최적화된 시간은 다르다. 다만 새벽에 나에게 중요한 일을 하려고 했던 이유는 아무 소음이 없어서다. 이른 새벽에 나를 찾는 사람은 거의 없다. 특히 아침부터 무슨 일이 일어나는 일은 더욱이 드물다. 아침은 내 정신만 깨우면 집중하기 딱 좋은 시간이다. 조금 일찍 일어나서 나를 위해 무언가 하는 시간이 좋았다. 평소대로 살았더라면 없던 시간이었을 텐데 말이다. 단 한 시간일지라도 꿈의 방향으로 한 걸음 앞으로 나아가는 기분이었다.

전지영의 글

* MKYU : MKYU는 MK & You University의 약자이며, 김미경 대표가 대학컨셉으로 운영하는 평생교육원.

습관달력의 위력

"습관 하나에 충분한 시간을 들여라. 충분한 시간을 투자해 행동을 일상으로 만들어라. 습관이 만들어지기까지 평균 66일이 걸린다. 일단 습관이 들고 나면 그 습관을 더욱 발전시키거나 필요에 따라 또 다른 습관을 만들어 나가라."

-《원씽》(비즈니스북스, 2013)

런던 대학교에서 실시한 연구에 의하면 새로운 습관을 들이는 데는 평균 66일이 걸리는 것으로 나타났다. 66일의 습관 법칙을 알게 된 후 나는 달력에 스티커를 붙여나가면서 습관을 하나씩 쌓기 시작했다. 첫 목표는 작게 시작했다. 작은 성공을 여러 번 해보아야 계속 이어 나갈 수 있다. 목표를 이룬 날짜에 스티커를 한 개씩 붙이는 '습관달력'을 만들었다. 사소하지만 성취를 맛보니 다른 습관도 만들고 싶은 마음이 생겼다. 습관을 하나씩 만들어갔다.

팔굽혀펴기부터 시작하여 매일 스쿼트 100개 그리고 철봉에 매달리는 턱걸이도 도전했다. 처음에는 팔굽혀펴기 한 개도 힘들었다. 하지만 66일이 지나자 열 개는 거뜬히 가능했고, 20개까지 할 수 있었다. 스쿼트 100개를 66일 동안 했더니, 나의 다리에 근육이 생겼고, 숨어있던 뱃살도 잡아주었다. 바쁜 날에는 샤워 후에 머리를 말리면서 스쿼트를 하기도 했다.

스쿼트 100회를 처음부터 한 호흡에 한 것은 아니었다. 열 개씩 10회, 20개씩 5회, 25개씩 4회, 50개씩 2회 그리고 한 번에 100회. 이렇게 점진적으로 늘려나갔다. 몸에 조금씩 변화가 느껴지자 나는 어떻게 해서라도 매일 움직이려고 노력했다. 사실 스쿼트 100개를 하는 데 긴 시간이 걸리지 않는다. 단 3~5분이면 가능하다. 초보자라도 10분이면 가능하다. 하지만 그마저도 계획하지 않으면 실행하기 어렵다는 사실을 안다. 나도 습관을 만들기 전에는 힘들다는 이유로 침대에 누워버린 날도 많다. 10분이면 가능한 일이었는데, 마음먹는 일이 어려웠다.

턱걸이는 처음에 철봉에 매달리는 것조차 버거웠다. 철봉을 잡고 버티기부터 시작했다. 바들바들 온몸이 사시나무처럼 떨려왔다. 며칠을 매달리니 손바닥에 물집이 생겼다. 갈 곳이 없는 손바닥의 물집이 터지고 아물고 몇 번을 반복하니, 나중에는 굳은살이 되었다. 매일 아침, 저녁으로 10분씩이었지만 하루도 거르지 않고 연습했다. 기초체력을 키우고 싶어서 운동을 시작했다.

14일에 걸쳐서 드디어 철봉 위로 겨우 올라갈 수 있게 되었다. 10일이 지나자 팔과 등에 근육이 조금씩 붙기 시작했다. 0개에서 10개까지 해냈다. 몇 개월 뒤에는 구부정했던 나의 자세를 조금 바로잡을 수 있게 되었다. 자세가 좋지 않아서 생긴 통증으로 도수치료를 몇 달 동안 받았는데, 이제는 도수치료사의 도움을 받지 않아도 괜찮아졌다.

그 이후 나는 독서와 공부를 꾸준히 하는 습관을 키워나갔다. 잠들기 전 15분 이상 책 읽기와 성장에 도움이 되는 공부를 하려고 했다. 운동하면 몸에 근육이 조금씩 만들어지듯이, 독서 습관과 공부 근육도 조금씩 생겨났다. 습관은 루틴이 되었다.

"습관은 복리로 작용한다.
우리는 우리가 반복했던 결과를 얻는다."

- 《아주 작은 습관의 힘》 (비즈니스북스, 2019)

작은 습관이라도 쌓이면 복리로 작용한다. 이전에는 의식해야만 실천할 수 있었던 일이 많았다. 하지만 일정 기간을 반복하니, 매일 밥 먹듯이 몸이 먼저 움직였다. 아직 나는 만들고 싶은 습관이 많다. 무언가 삶에 변화가 필요한 사람이라면, 내가 당장 할 수 있는 작은 일부터 찾아보면 좋겠다. 작지만 삶에 도움이 되는 습관을 만든다면, 앞으로 하고 싶은 일에 몰입할 수 있는 시간을 더 만들 수 있을 것이다.

작은 성공을 쌓아 올리자

'아침에 일어나서 물 한 잔 마시기'와 같이 정말 사소한 습관도 괜찮다. 습관을 들이면 작은 힘으로 되기 때문에 또 다른 일에 몰입할 시간적 여유가 확보된다. 나는 아침에 눈을 뜨면 침대 위에서 5분 스트레칭으로 몸을 깨운다. 그리고 한잔의 물을 마신 후 요가 매트를 펼치고 20분 동안 요가를 한다. 운동 후에는 창문을 열어 환기를 시키고, 잠자리를 정리하고 씻는다. 마지막으로는 아침 식사를 한 후 하루를 시작한다. 이 아침 루틴으로 나의 정신이 맑아지고, 몸도 가벼워졌다.

습관을 만들기 전, 나는 눈을 뜨면 스마트폰부터 찾던 스마트기기 중독자에 가까웠다. 하룻밤 자고 일어나면 쏟아지는 새로운 소식들을 무의식중에 아침부터 모두 소화해내려고 애썼다. 잠에서 덜 깬 상태로 스마트폰을 보면 1시간은 순식간에 지나갔다. 그런 습관이 누적될수록 나의 몸은 더 무거워졌고, 일어날 때 기분도 좋지 않았다. 나도 모르게 부정적인 습관을 쌓고 있었다.

습관을 형성하기 시작할 때는 아침에 스마트폰 유혹에 빠지지 않기 위해 아예 손이 잘 안 닿는 곳에 두고 잤다. 혼자의 힘으로 습관을 만들기 어렵다면, 루틴을 관리해주는 앱을 활용해도 좋다. 초반에는 나도 앱의 도움을 받았다. 습관을 만들고 싶은 시간에 알람을 설정하고, 정해진 시간 동안 목표한 일을 하면 된다. 작은 습관은 점점 더 큰 일을 할 수 있는 원동력이 되었다. 처음에는 유혹이 많아서 습관을 만드는데 쉽지 않겠지만, 될 때까지 해보면 불가능하지 않다는 것을 깨닫게 될 것이다.

전지영의 글

"반복해서 행하는 것, 그 자체가 곧 너 자신이다.
탁월함이란 행동이 아닌 습관에서 오는 것이다."
- 아리스토텔레스 -

10% 시작의 힘

마음속에 있는 일을 해보고 후회하는 것과 그렇지 않은 것은 다르다. 부딪히며 경험이 쌓이고, 정리되는 것들이 있다. 돌이켜 생각해 보면, 그동안 나는 살면서 준비가 안 되었다는 핑계로 시도조차 하지 않고 흘려보낸 시간이 셀 수 없다. 내게는 완벽주의 성향이 있기 때문이다. 하지만 이제는 완벽함에 매달리고 싶지 않다. 세상에 완벽한 것은 없다. 최대한 노력하되, 완벽한 결과를 만들려고 너무 많은 시간을 쓰지 않으려 한다. 미숙하더라도 결과물을 사람들과 공유해서 피드백 받고 수정하는 작업을 거치는 것이 지름길이라는 것을 뒤늦게 깨달았다.

누군가 경지에 오른 것은 '실력 차이'가 아니라 '시간 차이'라는 말이 있다. 전문 분야에서 주목받는 자리에 있다는 것은 그의 뛰어난 실력도 있지만, 나보다 먼저 그 길을 갔기 때문이다. 선천적으로 타고난 사람들을 제외하고, 나도 오랜 시간 몰입하다 보면 언젠가는 실력자가 될 수 있다고 생각한다. 물론 시간이 얼마나 걸리는지는 개인 차이가 있겠지만 말이다.

빠르게 원하는 결과를 얻기 위해서는 실패의 쓴맛을 많이 겪어봐야 한다. 다양하게 도전하면서 겪었던 일들이 나중에는 나의 소중한 경험 자산이 되어 시너지를 발휘하는 날이 올 것이다. 그래서 나는 작은 일이던, 큰일이던 마음속에서 긍정적인 꿈틀거림이 느껴진다면 일단 하고 본다.

10%만 준비되면 일단 하자

세상은 너무 빠르게 변화하고 있다. 이 시대에서 살아남기 위해서는 10%의 준비가 되었다면 바로 시작해보는 용기가 필요하다. 고민하는 시간에도 새로운 것들이 생겨나고 있다. 시도하느냐, 하지 않느냐에 따라서 삶이 변할 수 있다. 작은 실행이라도 삶에 어떤 영향을 줄지 아무도 모른다.

내가 글을 쓰는 이 순간도 10% 시작의 힘에서 시작되었다. 준비가 되었을 때 책을 써서 내가 가지고 있는 정보를 나눠야겠다는 막연한 생각만 하고 있었다. 이런 내가 막상 글을 쓰려고 마음을 굳히고 실행하는 데 오랜 시간이 걸리지 않았다.

책을 통해서 지식을 얻는 순간들이 좋았지만, 혼자서 책을 꾸준히 읽기는 쉽지 않았다. 읽고 싶은 책을 책장에 여러 권 쌓아 놓고 있었다. 구매한 책을 모두 읽어야 한다는 압박감에서 벗어나지 못했다. 그러던 중 귀인처럼 한 분이 나에게 다가왔다. 그분은 나에게 여러 가지 이유로 책 쓰기를 권유했다. 이야기를 나눈 후에는 형체가 없던 무언가가 선명해지는 느낌이었다. 나는 이를 계기로 나의 책 쓰기 목표를 수십 년 더 빨리 앞당겨 실행으로 옮겼다.

귀인의 도움으로 책을 읽고 나눌 수 있는 북클럽에서 활동하게 되었다. 북클럽에서는 2주에 책 한 권을 정하여 매주 같은 분량을 읽고 소감을 나눴다. 동일한 책을 읽었는데도 인상 깊었던 부분과 공감되었던 점이 모두 달랐다. 사람들의 가치관과 경험이 모두 다르기에 당연했다. 사람들과 이야기하면서 책 내용 외에도 배우는 부분이 많다. 책을 읽기에 급급해서 혼자만의 생각에 멈춰있었더라면, 생각을 확장해 나가는 데 어려움이 있었을 것이다. 독서 모임의 목표는 책 읽기에 머무르지 않고 쓰기까지 하는 것이다. 모임에서 몇 분은 이미 책 쓰기를 경험하신 분들이 계셨다.

지식이 쌓이고 아는 것이 많아지면, 오히려 글 쓰는 일에 도전하기 두려워질 것 같았다. 그래서 이번 기회에 책을 쓰는 일에 도전하기로 했다. 사실 결정하고 집으로 돌아오는 길에 덜컥 겁이 났다. 나는 글쓰기와는 거리가 가깝지 않다고 생각했기 때문이다. 그래도 한편으로는 시작할 수 있는 용기를 주셔서 감사하다. 쓰기를 위한 읽기를 하게 되었고, 이는 또 다른 세계였다. 이번 기회에 나는 지난 세월을 글로 정리하기로 마음먹었다. 머릿속에만 맴도는 생각을 글로 적으면 정리가 되지 않을까 기대하며 한 글자씩 써 내려가고 있다.

"당신을 써라. 당신의 꿈을 적어보라.
당신의 새로운 삶을 이야기해보라.
당신이 상상하지 못했던 또 다른 가능성을 논하고,
당신다움을 만끽하는 진정한 당신을 말해보라."

-《엉뚱하고 자유로운 글쓰기도 괜찮아》(씽크스마트, 2014)

글을 잘 쓰지 못하더라도 시작이 있어야 성장하는 나를 발견할 수 있다고 생각한다. 그리고 계속 이야기를 풀어나가면 언젠가 실력이 쌓이지 않을까. 글을 잘 쓰면 좋겠지만, 꾸밈없는 글이라도 누군가에게 조금이라도 도움이 된다면 그 자체로 기쁠 것 같다. 그동안 누적된 나의 가치관과 살아온 과정을 계속 기록하고 공유하고 싶다. 언젠가 누군가에게 진심이 닿기를 바라며 글을 쓴다. 아무도 내 삶을 대신 살아주지 않는다. 오늘도 나는 누군가에게 가르쳐 줄 수 있는 자리에 오르기까지 경험 자산을 차곡차곡 쌓아 올리고 있다.

나는 성장에 도움 될 만한 일이 보이면 우선, 시도해 본다. 해보고 후회하더라도 미련은 남지 않기 때문이다. 나의 성향상 안 하고 버티면 계속 머릿속에 남아서 언젠가는 해보게 된다. 최근에는 꿈을 위한 목표를 전략적으로 세우는 방법을 배웠다. 4주 동안 진행한 이 수업에서 다양한 사람들을 만났다. 커리큘럼은 끝났지만, 목표를 실행으로 옮기는 일은 각자의 몫이었다. 혼자 계속 나아가면 흐지부지하게 끝날 것 같았다. 때마침 수업을 들었던 사람 중 비슷한 생각을 하는 사람들과 커뮤니티 활동을 시작했다. 감사하게도 한 달에 한 번씩이라도 서로의 진행 상황을 공유하는 시간을 가지기로 했다.

그 외에는 생각 정리법을 배워 복잡한 머릿속을 정리할 수 있었다. 생각도 정리가 필요한가 싶었던 나의 의문은 금방 사라졌다. 떠오르는 생각들을 모두 종이에 적어서 불필요한 것들은 걸러내는 과정을 통해 마음도 한결 가벼워졌다. 호기심으로 시작하여 디지털 세상도 공부했다. 메타버스와 제페토를 시작으로 NFT(대체불가토큰)와 디스코드 플랫폼을 알아갔다.

내가 가려고 하는 길에 조금이라도 도움이 될 것 같다면, 10%의 준비만 하고 도전했다. 이렇게 한 공부는 나에게 더 넓은 세상을 보여주었고, 새로운 길로 안내했다.

전지영의 글

9to6 말고 내 일

평범한 9to6

아침 9시에 출근해서 저녁 6시에 퇴근. 나는 작년까지 평범한 직장인이었다. 좋아서 시작한 일인데, 언제부턴가 내가 왜 이 일을 하고 있는지 모르겠다는 생각이 들었다. 무언가 시도하려고 하면, 돌아오는 말은 '원래 그래', '그냥 해'였다. 몇 년 동안 정해진 틀 안에서 큰 변화 없이 비슷한 일을 해서 그랬을까. 나는 내 몸에 맞지 않는 옷을 입고 있다고 느꼈다. 그러던 중 어느 날 일을 멈출 기회가 제 발로 찾아왔다. 그렇게 나는 22년 12월 31일 퇴사를 했다.

퇴사를 앞두고 엎친 데 덮친 격으로 나는 몇 년 동안 유행했던 코로나바이러스에 처음 감염되었다. 맙소사. 코로나가 거의 끝나가는 무렵에 양성반응이라니. 그것도 퇴사를 일주일도 안 남기고 걸려버렸다. 그날 아침은 출근하려고 눈을 떴다가 평소와는 다르게 몸이 무거워 겨우 일어났다. 설마 하는 마음으로 자가 진단 키트를 꺼내 검사했다. 결과는 양성으로 선명하게 두 줄이 보였다. 일주일 자가격리를 해야 하는 상황이라서 회사에 제출할 증빙자료도 필요했다. 집 근처에 있는 병원으로 가서 신속항원검사를 했다. 2차 검사도 확인한 후 회사에 보고하고 집으로 돌아왔다.

코로나 증상은 3일만 앓아누우면 괜찮다고들 했다. 하지만 예외가 있다는 사실을 망각했다. 더구나 그게 나에게 생길 일이라는 상상도 하지 못했다. 약을 먹기 위해서 밥을 먹고, 자고 한 지 3일째. 나아질 기색도 보이지 않았다. 결국, 아픈 몸을 부여잡고 인수인계서를 내 방에서 작성했다. 회복이 늦어져서 회사에 있던 나의 짐은 퇴사일이 한참 지난 뒤에야 찾으러 갈 수 있었다.

직장생활 그만두는 것에 대한 미련을 조금도 갖지 말라는 신의 계시였을까. 나는 종교를 갖고 있지는 않지만, 가끔 곁에 신이 존재한다는 생각이 들 때가 있다. 아무튼 그 덕분에 내가 좋아하고 더 잘할 수 있는 일을 찾을 기회가 생겼다. 이제는 누군가 설계해 놓은 길을 걷기보다 힘들더라도 나의 길을 만들어서 가고 싶다.

평생직장이 사라진 시대, 나를 키우는 시간이 필요하다. 한 회사가 평생 나를 위한 일자리를 제공하기 어려운 세상이다. 사실 나는 공적인 자리에서는 필요한 말만 하고 살았다. 불필요한 말과 행동은 상대에게 피로만 가져다준다는 생각에 시간 낭비라고 생각했다. 특히 회사에서는 내게 주어진 일에 묵묵히 최선을 다하면 그만이라고 생각했다. 핵심만 딱 잘라서 얘기하는 타입이어서 남들의 눈에는 차갑게 느껴졌을 수 있다. 초면이라면 더욱이 얼음같이 느껴졌을 것이다.

직장에서는 내가 할 수 있는 일을 얘기하면, 따라오는 건 늘어나는 업무량이었다. 초반에는 일이 즐거워서 몰입할 수 있었다. 문제는 언젠가부터 일을 더 하는 것이 당연하게 되었다. 시간이 흐를수록 일이 늘어나고 체력은 내려갔다. 에너지가 떨어지자 계속 이렇게 일하는 것이 맞는지 의구심이 들었다. 그 이후 내 체력을 갉아먹는 일은 되도록 받지 않게 되었고, 기존에 맡은 업무에서 최선을 다했다. 회사 내에서는 그 방법이 내가 살아남기 위한 최선이었다. 5년 동안 같은 곳에 근무하며, 비슷한 일이 반복되어 새로운 일을 거의 하지 못했다. 나는 AI 로봇처럼 주어진 일만 하게 되었고, 이곳에서 더 나아갈 곳은 없다고 느꼈다.

"성취를 얼마나 했든
WHY를 결코 잃지 않는 사람들은
우리에게 영감을 준다."
-《스타트 위드 와이》(세계사, 2021)

WHY를 명확히 하여 방향을 찾고, 나의 꿈을 하나씩 이루어 나아가고자 한다.

꿈을 다시 그립니다

나는 그림으로 소통하는 따뜻한 아티스트가 되고 싶다. 점점 바빠지고 마음의 여유가 없어지는 사람들에게 작품으로 잠시나마 휴식을 선물하고 싶다.

2년 전, 디지털 세계를 공부하며 NFT 예술 시장에 관심이 생겼다. NFT(Non-Fungible Token)는 대체 불가능한 토큰이라는 뜻으로, 블록체인 기술을 활용하여 디지털 자산의 소유주를 증명하는 가상의 토큰이다. 이 시장에서는 내가 만든 그림, 사진, 영상, 음악 등을 자유롭게 홍보하고 판매할 수 있다. 하지만 직장생활을 하면서 그림 그리는 일은 쉽지 않았다. 그림을 마음속에만 꾹꾹 담아두며 지내다가 NFT를 알게 된 후 새로운 꿈을 가졌다.

온라인 활동이 활발한 NFT 시장에서는 다양한 국적의 사람들과 생각을 공유할 수 있다는 점이 내게 매력적으로 다가왔다. 그뿐 아니라 비슷한 관심사를 가진 사람들과 활동하는 상상을 하니 오랜만에 기분 좋은 에너지가 샘솟았다.

하지만 아직 이 시장은 활성화가 안 되어서 같은 관심사를 가진 사람들을 찾기가 쉽지 않다. 특히 국내에서는 더 어려웠다. 불행 중 다행은 국내시장이 체계를 잡아가고 있어서 앞서 나아간 사람들의 조언을 좀 더 가까이에서 들을 수 있었다. 내가 할 수 있는 일들은 모두 해보려고 노력 중이다. 현재까지는 NFT 관련 강의와 책을 보며 경제 흐름과 내 창작품을 디지털 세계에서 홍보하는 방법을 공부하고 있다. NFT 관련 지식을 쌓고, 내 작품 준비를 방향성에 맞추어 구상하려 한다. 작품 결과물만큼 작가의 의도 또한 중요하기 때문에 그림을 그리기 전에 방향을 찾는 것이 우선이다. 이 시장에서는 아무리 작품이 좋아도 작가의 이야기가 설득력이 없다면, 진정한 팬을 만들기 어려워 성공하기 쉽지 않기 때문이다.

NFT 시장은 온라인에서 활발한 만큼 커뮤니티 활동도 중요하다. 커뮤니티 활동을 많이 할수록 다른 작가와 공동작품을 할 기회가 많아진다. 특히 내 작품에 관심이 있는 컬렉터와 소통하는 것은 더할 나위 없이 중요한 일이다.

NFT 커뮤니티는 주로 트위터와 디스코드라는 음성채팅

플랫폼을 사용한다. 디스코드는 실시간 소통이 가능하며 블로그처럼 운영할 수 있는 플랫폼이다. 현재 우리나라에서는 게임 이용자들이 많이 사용하고 있지만, 추후 대중적인 소통 플랫폼으로 자리 잡아도 손색이 없어 보였다.

꿈을 위해서 이것저것 필요한 공부로 머리를 채워 나가다 보니 하루가 짧게 느껴진다. 디지털 세계는 내가 지금 있는 현실과는 또 다른 정보들이 넘쳐나서 배움에 끝이 없다. 다양한 지식과 경험이 내 작품에 기반이 되길 바란다. 앞으로 아티스트로 활동하는 날을 바라보며 꿈을 다시 그린다.

전지영의 글

"할 수 있다고 생각하면 할 수 있고,
할 수 없다고 생각하면 할 수 없다."
- 헨리 포드 -